ちくま文庫

向田邦子シナリオ集

昭和の人間ドラマ

向田邦子
向田和子 編

筑摩書房

向田邦子シナリオ集

昭和の人間ドラマ

隣りの女

現代西鶴物語

TBS　西武スペシャル
1981年5月1日
22時00分～23時55分放送

◆おもなスタッフ
プロデューサー――田沢正稔
演出――浅生憲章

◆おもなキャスト
時沢サチ子（平凡な主婦）――桃井かおり
時沢集太郎（サチ子の夫）――林隆三
田坂峰子（サチ子の隣人）――浅丘ルリ子
三宅信明（峰子の愛人）――火野正平
麻田数男（峰子の愛人）――根津甚八

◆道

東京・西武池袋線大泉学園あたり。

「かわいいかわいい魚屋さん」のメロディを流しながら、オート三輪の千葉の産地直売の魚屋がゆく。

そのアナウンス。

手前を東京都のゴミの車が行く。

アパートから飛び出して追いかける若い主婦。

時沢サチ子（28）。

手に粗大ゴミを持ち、全力疾走で追いかける。

サチ子「すみませーん！　お願いします！　待ってエ！」

サンダルが片方脱げる。間に合わない。

車は共に行ってしまう。

サチ子、ガックリして、片足で飛びながら、サンダルのところにもどり、足の裏をはたいてはき、アパートの方へもどってゆく。

◆アパート前

アパートは木造モルタル二階建て。

門のところに、やはりゴミの袋を持って出てきた田坂峰子（38）。
髪を大きなカーラーで巻き、派手なガウン姿。
起きたばかりらしく、化粧気なしの蒼白い顔。
サチ子「（まだ息が切れている）ちょっと待ってくれたっていいのに。意地悪いんだから。ごみ集めだって、あたしたちの税金でやってるわけでしょ」
サチ子、足の裏が気になるらしく、柱に寄りかかって調べているが、峰子はチラリと見るだけ。
峰子「奥さん、税金払ってんの？」
サチ子「あたしは納めてないけど——パートだととられるけど、内職でしょ。でも、主人の給料から天引きされてるから」
峰子「そいじゃあ大威張りだわ」
サチ子「奥さん——（言ってから、しまったという感じ）おたく税金」
峰子「さあ、どうなってんだろ。いい加減じゃないの」
サチ子「——でも健康保険やなんか（言いかけ、気づく）あ、そうだ。こないだ立て替えたガス代——すみませんけど——」
峰子、サチ子のうしろに視線をやり、小さく、あ、と声にならない声を洩らす。
サチ子、振り向く。現場監督風の若い男、三宅信明（30）が歩いてくる。
峰子はとっさに片手で目だけ残して顔をかくす。

目に気持をこめて強い視線で見返す。

そのまま、身をひるがえして、階段を駆け上り、自分の部屋に飛び込む。ドアをバタンとしめる。

三宅、サチ子に小さく目礼。

サチ子も、複雑な会釈を返す。

三宅、たばこをくわえ、火をつける。

そのへんを行ったり来たりする。

サチ子、家に入りかけ、ついでに郵便箱をのぞく。

押し込んであった車やサラ金のパンフレットが下に落ちる。

パンフレットは、並んだポストの下に束になって落ちている。

ほうきを手に出て来た管理人の土佐森よね、片付けながら、話しかける。

よね「一枚一枚じゃラチ、あかないもンだから、横着して。こういうのはね、千枚とか二千枚配っていくら、ってなってンのよ。ヨイショ——」

サチ子も手伝って拾う。

しゃがみ込んだ二人の向うを、行ったり来たりする三宅のほこりだらけの靴。

サチ子「入れてもらえないのかしら」

よね「塗ったたくってるのよ」

よね、化粧のジェスチュア。

サチ子「ああ。それで、さっき、こうやったのか」
　サチ子、手で顔をかくすまね。
よね「男が年下だとさ、女は化けなきゃなんないから――大変だ」
　よねのうしろに夫の浩司（65）、金槌で何か修繕をしている姿が見える。
　サチ子、峰子と同じように片手で目だけ出して――
サチ子「そうか。それでこうやったのか」
　目に情感をこめてみる。
サチ子「ああいうの、色っぽい目っていうのねえ」
　よね、笑って、
よね「素人の奥さんがやったって駄目よ」
サチ子「どこが駄目なんだろ」
よね「ご主人に食べさせてもらってるひとはね、モトのところが違うの」
　よね、ちょっとやってみせる。
サチ子「あ。凄い目。管理人さん、年にしちゃ、色気あるわア」
　三宅、思いつめた目で上を見上げる。
　貧乏ゆすり。
サチ子・よね「――」
　二階の峰子のドアが細目に開く。

マニキュアをした峰子の片手が出て、おいでおいでをする。
三宅、たばこを指で弾き飛ばす。
たばこは、二人の間に飛んでくる。
三宅が鉄の階段を上ってゆく。
サチ子とよねの間で、うすい煙を立てているたばこ。
　よねがゆっくり踏み消す。
よね「――昼日中から、ご苦労さんなこったわねえ」
　サチ子、聞こえないフリで行きかける。
よね「時沢さんとこ、丸聞えでしょ」
サチ子「え？　さあ。あたし、ミシンかけてるから」

◆アパート・時沢の部屋

　内職のミシンを踏むサチ子。
　同じ柄のブラウスが何枚も。段ボールの箱など。
　二DKのつつましい部屋。
　サチ子、かなり激しくガーと踏む。
　踏みながら、うしろの壁を気にしている。
　複製の泰西名画のかかった白い壁。

向う側から、ガラスの器かなにかを壁に叩きつけたらしい、激しい音。

サチ子、ミシンのスピードを落して聞き耳を立てる。

（声ははっきり聞きとれたり、聞きとれなかったりする）

三宅（声）「ふざけんじゃねえよ！」

峰子（声）「やめなさいよ！」

三宅（声）「ふざけんなよオ！」

また、ぶつける。

峰子（声）「やめて！　やめて！　乱暴すンなら、出てってよ！」

もみ合う気配。

峰子（声）「アブない！　ガラス！」

三宅（声）「シオドキってのは、どういうイミだよ！」

峰子（声）「あんた、シオドキ、知らないの！　シオドキってのはね、痛い！——離してよ！　離して！　シオドキってのはね！」

三宅（声）「そっちはシオドキだってな、こっちはシオドキじゃあねえんだよ！」

峰子（声）「離してよ！」

サチ子、少しおかしい。

ミシンを踏みはじめる。

内職のブラウスが縫い上っていく。

壁の向うの声が、また高くなる。

サチ子、ミシンのスピードを落す。

三宅（声）「誰だよ！　誰なんだよ！」

峰子（声）「そんなひと、いないわよ」

三宅（声）「いないわけ、ねえだろ。誰だよ、名前！　名前！」

峰子（声）「関係ないでしょ」

三宅（声）「ぶっ殺してやる！」

峰子（声）「誰を」

三宅（声）「殺すったら、殺すからな」

峰子（声）「――そんなことしたら、あんた、タダじゃ済まないわよ」

三宅（声）「ああ、覚悟出来てるよ、俺ア、タダっての、嫌いなんだよ。欲しいものは、ちゃんと金払って買ってるよオ！」

峰子（声）「それでいいじゃないの。恨みっこなしでいいでしょ。なんなら、領収証、書いたげようか」

三宅（声）「バッカヤロ！　人、バカにしやがって」

もみ合う気配。

ドスンと壁にぶち当る音。

サチ子、壁の絵を押える。

峰子（声）「なにすンのよ。離して！　離して！」
もみ合う気配。音。
峰子（声）「なにすンのよオ。なにすンのよオ――」
声にならない声。
声の調子が変ってくる。
峰子（声）「ガラス、アブないでしょ。ねえ――ガラス――」
サチ子、段々に壁にはりつくようにして、耳をすます。
峰子（声）「ねえ――ガラス、あぶない」
三宅（声）「――大丈夫だよ」
二人の声、甘くなってゆく。
峰子（声）「ねえ、ガラス」
三宅（声）「大丈夫だよ」
峰子（声）「アブないったら――」
三宅（声）「峰子――」
峰子（声）「ノブちゃん――」
あとは、二人の荒い息づかい。
喘ぎになり、壁が細かに震動をはじめる。
三宅（声）「峰子――」

少し聞いているサチ子。

ふと気がつく。

おかしな格好で、壁にはりついて隣りの気配を聞いている自分の姿が、ミシンの横の姿見にうつっている。サチ子、壁際を離れ、上の絵を直す。

サチ子（声）「別に曲っていないかも知れません。でも、直すのが癖になっています」

サチ子、買物カゴを抱えて、出てゆく。

◆アパート・廊下

ドアの前に、ポリ袋に包んだゴミが転がっている。

さっき、峰子が持っていたもの。自分のドアの前にでも置いたものが、風で転がってきたらしい。

サチ子、指先でつまんで持ち、「田坂」とある隣りのドアの前にポンと置く。

サチ子（声）「よそのうちのゴミは汚なく思えます」

汚ないものをつまんだあとの手つき。

手を振って、階段をおりてゆく。

◆商店街

歩いてゆくサチ子。

肉屋へ入りかける。

ブラ下っている枝肉。

少し迷うが、やめて魚屋へ。

さまざまな魚の顔、魚の目。

サチ子、押したりしてたしかめる。

結局、鯛のアラを一山買う。

サチ子、また歩く。

洋装店のウインドーを横目で見ながら、八百屋へ。

ネギと豆腐を買う。

混み合っている。

順番待ち。

すぐ横の主婦が連れている二、三歳の男の子の頭をなでたりしてからかう。

サチ子（声）「あのとき生れていたら、このくらいになっていました。子供が出来たので共働きをやめたのですが、流産したのです」

歩くサチ子。

本屋、レコード屋の前は中ものぞかず通り過ぎる。

サチ子（声）「本を買うことも、レコードを聞くことも滅多になくなりました。夫も同じです」

ふと足をとめる。

またもどり、八百屋へ。

春菊と生椎茸をつまみ上げる。

ガマ口をあけ、中から金を出す。

小さくたたんだ五千円札。

八百屋のしみの浮いた鏡に、主婦たちにまじって表情のないサチ子の姿がうつっている。

サチ子（声）「夫の給料はなんだかんだ引かれて二十万をちょっと切れます。私が内職で五万ちょっと。赤字にあてたり貯金をしたりしています。それだけで毎日が過ぎてゆきます。ときどき理由もないのに、大きな溜息をついています」

札のしわをのばして、払っているサチ子。

聖徳太子の顔。

◆アパート・廊下
ネギやトイレットペーパーを山程買いこんで、階段を上ってくるサチ子。

足をとめる。

三宅が帰るところ。

ドアを半開きにして峰子が見送っている。

サチ子、三宅と階段の中途でスレちがう。

三宅「どうも――」

サチ子「（会釈）」

髪が汗に濡れ、なまなましい峰子の顔がドアから引っ込む。

◆時沢の部屋

激しくミシンを踏むサチ子。

ミシンの車が、だんだんゆっくりになってとまる。

◆アパートの階下・廊下

管理人の浩司が、しゃがみ込んで、古びた自転車の手入れをしている。

車を廻しては、油をさしている。

◆時沢の部屋（夕方）

ミシンにうつ伏してうたた寝をしていたサチ子、隣りから聞えてくる声に少しずつさめてくる。

峰子（声）「谷川岳――谷川岳って、どこにあるんだっけ」

麻田（声）「群馬県――上越国境――」

峰子（声）「そうすると、上野から上越線？」

麻田（声）「上野。尾久。赤羽。浦和。大宮。宮原。上尾。桶川。北本。鴻巣。吹上。行田。熊谷。籠原。深谷。岡部。本庄。神保原——神保原（すこしつかえる）」

男の声は低いが、響きのよい深い声である。

ひとつひとつの駅名をまるで詩をよむように言う。

誘い込まれるように壁に近づき、聞いているサチ子。

少しずつ、その声に酔ってくる。

麻田（声）「神保原。新町。倉賀野。高崎。井野。新前橋。群馬総社。八木原。渋川。敷島。津久田。岩本。沼田。後閑。上牧。水上。湯檜曾。土合」

男の声が、言い終って大きく吐息をつく。

サチ子（声）「違っています。いつもくるあのひとと声が違っています」

峰子（声）「（クク、と笑って）よく覚えているわねえ」

麻田（声）「谷川に登るときは、勿体なくて、急行になんか乗れないな。上野から鈍行に乗って、少しずつ少しずつ、あの山に近づいてゆくんだ」

サチ子「——」

麻田（声）「だんだん近づいてると思うと、何べんのぼっても、はじめてみたいに胸がドキドキするんだ。土合の駅おりて、見あげる時なんか、自分でも顔が赤くなって、ドギマギしてるのが判るんだ——」

峰子（声）「――男の子みたい――」

麻田「――」

峰子（声）「キレイな山なの？――」

麻田（声）「山はみんなキレイだよ。どんな山だって――遠くから見ると、みな同じ格好に見えるけど、丁寧に一歩一歩のぼってゆくと、――違うんだ――なだらかな裾野があって――」

峰子（声）「――くすぐったい」

　サチ子――。

麻田（声）「思いがけないところに、窪地がかくれてる」

峰子（声）「くすぐったいっていってるでしょ」

麻田（声）「光のあたっているところ。かげになってるところ。乾いてるところ。湿っているところ。みんな息をしてるように見えるんだ」

　サチ子の手が、横ずわりになった自分のからだを、そっとなでてゆく。

　スカートがめくれて、肢がのぞいている。

　窓から射し込む夕焼けが、からだに美しい光と影の地図をつくっている。

麻田（声）「山は朝見ると、神々しくみえる」

峰子（声）「昼間見ると」

麻田（声）「たくましく見える」

峰子（声）「夜見ると——」

麻田（声）「凄味があって、こわいな」

峰子の含み笑いが聞える。

そして、壁がゆれはじめる。

サチ子「——」

揺れる壁。

サチ子「——」

峰子（声）「おねがい。さっきの——駅の名前——もう一度言って——」

麻田（声）「（駅名をくり返す）上野。尾久。赤羽。浦和。大宮。宮原。上尾。桶川。北本。鴻巣。吹上。行田。熊谷。籠原。深谷。岡部。本庄。神保原。新町。倉賀野。高崎。井野。新前橋。群馬総社。八木原。渋川。敷島。津久田。岩本。沼田。後閑。上牧。水上。湯檜曾。土合」

サチ子、目をとじる。

体中の力が脱ける。のぼりつめてゆく。

そして、頂きがきてぐったりする。

そのまま死んだように動かない。

夕焼けが夕闇に変ってゆく。

ミシンの上の内職のブラウス。

時計のセコンド。

窓の外がうす暗くなる。

バタンとドアのあく音。

そのまま、うたた寝をしていたサチ子、はね起きる。

ドアをあけて、廊下をのぞく。

◆アパート・廊下(夕方)

廊下の外階段のところに、峰子が立っている。

帰ってゆく男（麻田数男）のコートを着た姿が見える。

峰子が片手をあげる。

男も、呼応するかのように振り向かず、片手をヒラヒラさせて足早に歩み去ってゆく。

見送る峰子。夕闇の中に化粧した顔が、生きかえったようになまめいてひどく美しい。そのまま、じっと立っている。

放心して立ちつくすサチ子。

いきなり夫の集太郎にどなられる。

集太郎（声）「なにぼんやりしてンだ」

◆時沢の部屋(深夜)

　帰宅したばかりの集太郎が、水をのんでいる。
　サチ子、同じ顔でぼんやりしていたらしい。
サチ子「え？　あ——」
　サチ子、水のグラスを受取る。
　集太郎、食卓の布巾をとる。
　二人分の鯛チリがそのまま、のっている。
集太郎「遅いときは、先、食べてろって言ってるだろ。アテツケがましい真似すンなよ」
サチ子「そういうわけじゃないけど——おなか、すかなかったのよ」
　集太郎、洋服を脱ぎながら、
集太郎「みんな、やりたくてやってンじゃないんだよ。瀬田口だって河本だって、清水だって、たまには早く帰ってさ、寝っころがってテレビ見たいよ。でもねえ、課長にこう(パイをならべ、ツモる手つき)やられるとさ、一人だけ抜けるわけにゃいかないんだよ」
サチ子「——お風呂——」
集太郎「今晩いいや。三味線ていうだろ」

サチ子「三味線――（弾くまね）」
集太郎「なんにも知らないんだな。（パイを捨てるまね）やりながら、こう、なんだかんだヨタ飛ばすだろ――」
サチ子「ああ――あれ――」
集太郎「ああいうとき、スパァーと本音、言ったりするもんなんだよ。九時から五時までが仕事じゃないんだよ」
サチ子「――やっぱり、ジャン荘なんかで、やるわけ？」
集太郎「うち、連れてこられないだろ。給料が安いんで、女房が内職しておりますってとこで（言いかける）」
サチ子「あなたの給料が安いから内職してンじゃないわよ。時間が余って勿体ないから」
集太郎「だったらさ、――オレ、帰ったときは、しまっとけよ」
サチ子「――（ブラウスを仕舞いはじめる）」
集太郎「いいよ。鼻の先でバタバタすンなよ。ハナシだよ、ハナシ――」
サチ子「空手でも習うかな」
　サチ子、飛び蹴り。
集太郎「バカ。そりゃキックボクシングじゃないか」
サチ子「そうか――」

集太郎「余ってますね。こっちは——起きて、食って、揺られて働いて——寝るで精いっぱいですよ」
集太郎、言いわけのように言うと、寝室へ入ってゆく。

◆時沢のアパート・寝室（夜）

あくびをしながら、パジャマに着がえている集太郎。
背広を持って入ってくるサチ子、洋服ダンスに仕舞っている。
サチ子、少し機嫌が直っている。

サチ子「隣りのひとね」
集太郎「隣り？」
サチ子「（手で方向を示す）」
集太郎「ああ。スナックの——あれ、なんだ、やとわれママか」
サチ子「そんなとこらしいけど、あの人妻いのよ」
サチ子、親指を立てて見せる。
サチ子「——二人もいるんだから、それもねえ一日に（言いかける）」
集太郎「よせよ」
サチ子「え？」
集太郎も親指を立てる。

集太郎「女が、こういう手つき、スンの嫌いなんだよ。こういうのとか（親指）こういうのとか（小指）こういうのとかさ（マル）。素人の女のすることじゃないよ。下品だよ」
サチ子「じゃあ、どうすりゃいいの」
集太郎「口で言やあいいじゃないか」
サチ子「オトコっていうの？（小さく）そっちも下品みたいだけどなあ」
集太郎「男がどしたんだよ」
サチ子「二人、いるらしいのよ」
集太郎「別に不思議はないだろ。人の女房なら、大事（おおごと）だけどさ、ああいう商売の女に男の二人や三人」
サチ子「それにしても——おひる前に——いつもくる現場監督みたいな人が来たかと思ったら——夕方お使いから帰ってきてね、ミシンかけてたら、また声がするのよ。それがいつもの人の声じゃないのよ。別の（言いかける）」
集太郎「——一日、なにやってンだ」
サチ子「え？——（口の中で）自然に聞えるんだもの」
集太郎「ヘンなのと、つき合うんじゃないよ。ああいうのとつき合うと、ロクなこと、ないよ」
　集太郎、あくびをして、布団にもぐりこむ。

サチ子、あかりを暗くする。
すぐには台所へゆきたくない。
集太郎「谷川岳のぼったこと、ある？」
サチ子「上野から、谷川までの停車駅、言える？」
集太郎「──（うんざりする）八時間、ビッシリ働いてさ、つき合いマージャンやって
帰ってきたんだよ。クイズなんかやるゆとりはないよ」
くるりと向うを向いてしまう。
サチ子「谷川？（またあくび）ないよ（言いかけて）なんだよ、急に」

◆**時沢の部屋（深夜）**

手をつけなかった食卓を片づけるサチ子。
麻田の声が聞こえてくる。
麻田（声）「上野。尾久。赤羽。浦和。大宮。宮原。上尾。桶川。北本。鴻巣。吹上
──」
サチ子（声）「あの声をもう一度聞きたいと思いました。どんな目をしたひとだろうと
思いました」

◆**大通り（駅前）**

大風呂敷を抱えた、サチ子。
同じような包みを持った悦子が並んで歩いてゆく。

◆モードKK

裸のマヌカンが並び、布地、製品などで、ごったがえしている。
内職の発注元。
主婦たちが、出来あがった製品を抱え、検品係に見せているところ。
二、三人が順番を待っている。
検品されている三杉悦子(28)(クラスメイトらしい三枚目)。
すぐ後ろにサチ子がいる。
社員「ちょっとこれ、まずいよ」
悦子「え？　どこ」
社員「どこってさ、下糸がゆるんでるよ」
悦子「そんな事ないでしょ、どら」
社員「ほら、浮いちまってるじゃないの」
サチ子も真剣な目でのぞきこむ。
社員「ほら！」
悦子「そうかなあ、浮いてないと思うけど」

悦子、サチ子に、

悦子「ねえ、浮いてないわよね」

社員「浮いてるよォ」

サチ子「ううん。（困る）浮いてないみたいだけど、浮いてるかなって目で見れば、浮いてるような気もする――かもしれない」

社員「（笑ってしまう）そら、奥さんだって、言いにくいやなあ」

後ろから、声がかかる。

主婦「ねえ、急ぐんですけど」

社員「（舌打ちして）縫い直すと仕上げ汚なくなんだよなあ。じゃあ、こっち先――」

ガックリした悦子、横へのいて、社員、サチ子のを検べる。

職業的な馴れた手つきでしらべ、伝票を書く。

社員「ええと――」

サチ子「時沢です。時沢サチ子」

社員、枚数を書き入れる。

会計で金を受け取るサチ子の手。

後ろに並んで、紙袋を持って、ぐったりした悦子。

◆電車の中

坐っているサチ子。

六分通りの乗客が、並んだりパラパラと離れたりして、坐って同じリズムで揺られている。

サチ子（声）「麻酔をかけられて意識が無くなったときのはなしを聞いたことがあります。この人が、とびっくりするような、恥ずかしいことを言うそうです。気取っているけれど、本当はみな、かなり生臭いことを考えているのです」

乗客たちの、まじめくさった顔。

無表情な顔、顔、顔。

◆レコード店

試聴コーナーで、ヘッドフォンをつけて、試聴しているサチ子。

ヘッドフォンをとり、のぞいた店員に、

サチ子「これ、お願いします」

◆時沢のアパート

部屋にはいるとすぐ、レコードのジャケットから、レコードを出してかけるサチ子。

バッハの鎮魂ミサ曲を大きくかける。
そのまま洋服を脱ぎかけて、やはり壁が気になる。
絵を見る。
そっと寄っていく。
耳をくっつける。
レコードの音を小さくして、又、聞く。聞えない。
ついに、レコードを止めて聞く。
何も音はしない。
サチ子、いきなりク、ク、ク、と笑い出す。
サチ子「バカみたい、バカ――」
自分の頭を叩いて笑う。
ドアノック。
サチ子「ハーイ！」
すっとんでゆきドアを開ける。
管理人のオバサンが立っている。
サチ子、笑いをこらえている。
オバサン「ねえ奥さん、手、あいてる？」
サチ子「ええ――」

オバサン「池袋まで、ひとっ走りしてもらえない？」
サチ子「池袋」
オバサン「これ届けてもらえないかしら」
　オバサンの手に、鍵の束。
オバサン「お隣りさん――出がけに、ポストのとこで立ち話したのよ、あたしと。その時、置き忘れたらしいのよ」
サチ子「自分で取りにくりゃいいじゃないの」
オバサン「近所で用足しでもしてんじゃないの。タクシー代もつからって」
サチ子「――何てスナック？　場所」
オバサン「行ってくれる？（拝む）あたし手があいてりゃ、行くんだけど、いっぺんのぞきたいと思っていたのよォ。あんまり小さいとこだと、アブないじゃないの。家賃取りっぱぐれたら、困るもの。奥さん、ちゃんと見てきて――」
　サチ子、鍵を渡される。

◆池袋・バー横丁（夕方）

　地図を片手にキョロキョロして探しているサチ子。
　バービルのスナック「パズル」の看板。
　サチ子、入っていく。

◆スナック「パズル」(夕方)

地下の階段をおりてゆく。
踊り場にビールの空箱など。
折れ曲ったところにスナック「パズル」。
ドアが半開きになっており、峰子が立て看板などを出しているところ。
峰子「すみません。間に合っちゃったの」
サチ子「え？」
峰子「来たらね、店しまってンのよ。てっきりバーテンさん、休みだと思って。あたしの鍵なきゃ入れないでしょ、あわてて管理人さんに電話してたのんだら、入れ違いにこの人、出てきちゃったのよ」
カウンターの中で働くバーテンが見える。
峰子「追っかけて電話したら、奥さんもう出たって言われて――」
サチ子「もうちょっとゆっくり出ればよかったんだ」
峰子「すみません。あの、おいくら――タクシー代」
サチ子「あ、いいです」
峰子「駄目よ、ちゃんと――」
サチ子「そうですか、じゃあ千四百八十円」

峰子、三千円出して、ポケットにねじ込もうとする。
サチ子「こんなに——多いです（返そうとする）」
峰子「帰りの分——」
サチ子「あ、帰りは電車でいいわよ」
峰子「あら、タクシーで帰ってよ。こっちでお願いしたことだもの」
サチ子「ううん。勿体ないから」
　サチ子、二千円だけ受け取って、
サチ子「いまお釣り」
峰子「固いこと言わないで——」
サチ子「でも、ええと——」
　サチ子、半端な格好で、バッグをあける。
峰子「——あたしも気が利かないな。なんか飲んでって——」
サチ子「そうお。じゃあ」
　サチ子、中へ入る。
カウンターの隅に男がひとり（麻田数男）。ルービック・キューブをやっている。
テーブルにアベックが一組。
　サチ子、カウンターの反対側の隅に腰をおろす。
峰子「奥さん、——なに——」

サチ子「じゃあ、コーヒー頂きます」
　麻田が、チラリとサチ子を見る。
　サチ子は勿論気がつかない。
サチ子「いいお店――」
峰子「――」
　峰子、手早く、水割りを作って、サチ子の前に、
サチ子「あら、あたしコーヒーって」
峰子「イケるクチなんでしょ（押しやる）」
　サチ子ちょっとベロを出す。
サチ子「（折り目正しく頭を下げる）頂きます」
峰子「――」
　麻田、さり気なく見ている。
　粧(よそお)った女と、全く白粉気のない女が、カウンターを境に向き合っている。
　赤い爪のと、マニキュアなしの短い爪。
　サチ子、かなり緊張して水割りをのむ。
　とたんにむせてしまう。
峰子「大丈夫？」
サチ子「大丈夫。ヘンなとこ、入っちゃった――」

峰子、サチ子の背中を叩いてやる。

サチ子、その手を辞退する。

しかし、洟は出るわ、涙は出るわで、バッグをさぐる。

峰子、紙ナプキンを渡す。

サチ子「（洟をかみながらヘンな声で）固くなると、のどのとこ、ヘンになって、ときどきやるの――」

峰子「（バーテンに）おしぼり――」

サチ子「あたしね――ここ一番てとき、なんかしくじる癖あるみたい」

峰子「ここ一番？」

サチ子「見合い写真、うつすっていうときに鼻の頭に大きなにきび出来たり」

峰子「御主人とは、お見合い結婚？」

サチ子「いまどき、冴えないけど」

峰子「そんなことないわよ」

サチ子「まだあるの。去年ね、パリにいくってときに、――内職してる友達とね、いつも、シビシビ働いてんだから、たまには豪華にいきましょうなんて、パスポートも全部用意したのに、盲腸になって」

峰子「いけなかったの」

サチ子「そういうとこあるの」

峰子、おかしくなる。
峰子「あたしも盲腸やったのよ」
サチ子「最近?」
峰子「ムカーシ(昔)」
サチ子「あたし、このくらい(四センチくらい)」
峰子「あたし、——(六センチくらい)」
サチ子「ウワッ! 大きい!」
峰子「田舎のお医者さんでしょ。ずい分前だし」
サチ子「じゃあ、縫ったんじゃない」
峰子「あなた、パチンてとめる——」
言いかけて、峰子、顔をこわばらせる。
サチ子ふり向く。
ドアに三宅が立っている。
峰子「いらっしゃいませ」
入ろうとする三宅。
峰子はすばやくカウンターをくぐり抜ける。
峰子「(バーテンに)ちょっと、おねがいね」
峰子、三宅に体をあずけるようにして、ドアの外に押し出す。

サチ子、水割りを飲む。

グラスを拭いたり、セロリのスジをとったりしているバーテン。

麻田が、すぐ前にある赤電話をかける。

麻田「武智先生のお宅ですか。朋文堂の麻田ですが――額縁をお引き受けした朋文堂の――はい、麻田です。あ、どうも――。期日の件ですが、二、三点少し遅れますので」

サチ子、はっとする。

麻田の横顔を見る。

麻田「いや、あっちは大丈夫です。八十号と――はあ、八十号と六十号、静物の六十号、それと――、バラの四十号――四十号――もう二、三日――はあ、はあ、それは大丈夫です。はあ、はあ、はあ。では、そういうことで――どうも――」

電話を切る。

サチ子、水割りをのむ。

ちらりと麻田を見る。

あの日の声が聞え始める。

麻田（声）「新町。倉賀野。高崎。井野。新前橋。群馬総社。八木原。渋川。敷島。津久田。岩本。沼田。後閑――」

サチ子、大きくため息をつく。

ガタンと立ち上る。
麻田がチラリと見る。
はじめて、顔を合わせる二人。
麻田は、自分を見つめるサチ子の強い視線を、少しはげしく、感じたらしい。
これも、じっと見返す。
二人の間に、電流が流れる。

◆スナック・階段

ビールの空箱を積んだ踊り場で、もみ合っている峰子と三宅。
三宅は峰子を踊り場の壁際に押しつけている。
三宅「よお。よお、よお」
峰子のひきつった顔。
泣くような声で哀願しているが、その右手にはチラリと刃物が見える。
峰子「ノブちゃん。馬鹿なこと、しないで」
サチ子、出てくる。
あら、という感じで、少し困っている。
峰子、とっさにサチ子のほうへ飛び出しかけるが、急に思い直す。
フフとおかしそうに笑って、三宅をやわらかく抱き込むようにして刃物をかくす。

三宅も気がついたらしく、これも不自然にハハ、ハハ、ハハハと笑う。
峰子「(精いっぱい屈託なく言う) あら、奥さん、もう帰るの？」
サチ子「――ご馳走さま」
峰子「もっとゆっくりしてけばいいのに。(三宅に) 彼女、ここはじめて――」
三宅「あ、そうお。そうお」
峰子、またフフ、と笑う。
しかし、足がカタカタと震えている。
サチ子、抱き合うようにしている二人がまぶしく、目をそらせているので、気がつかない。
サチ子「失礼します」
峰子「(わざと屈託なく) また、いらしてエ――」
三宅も、引きつったような顔で笑いかける。
サチ子も笑いかえす。
少しぎくしゃくしながら、抱き合う二人の前を通りすぎる。
平気な顔をよそおって、階段を上るが、ノボせていたとみえて、踏みはずし、二人の足許に墜落してしまう。峰子、すばやく三宅から離れ、サチ子を抱き起す。
峰子「大丈夫？」
サチ子「大丈夫――」

峰子、ほっとしている。
上から、二、三人の客が入ってくる。
峰子「あら、いらっしゃい」
常連らしい客。
峰子、客と一緒に居間へもどってゆく感じ。

◆街

歩くサチ子。

サチ子（声）「自分の姿がみすぼらしく見えました。私は、あんな強い激しい目で、夫から見つめられたことはありません。あんな声で、深いところへ誘い込まれたこともないのです。今頃、マージャンをしているに違いない夫が、急に憎らしくなりました。ネオンまで、私を嗤（わら）っているように思えました」

◆オフィスビル（夜）

高層ビルの途中にあるフロアだけあかりがついている。
中で一人の男が働いているのが見える。

◆集太郎のオフィス（夜）

働いているのは集太郎。
ほかに二人ばかりの若い男。
ワイシャツの袖をまくり上げ、きびしい表情で——

◆時沢のアパート・ドア（夜）

紙がはってある。

「下の管理人さんの部屋にいます」

◆管理人の部屋（夜）

サチ子、よね。
よねのうしろで、背を丸め、黙々とガスストーブや扇風機の修理をしている夫の浩司。
サチ子「——お隣りさんも判んないなあ。新しく額縁屋の人、出来て、現場監督と別れたいと思ってるわけでしょ。それなのに、どうして、こんなこと（手で顔をかくす）したんだろう。どうせ別れるんなら、素顔でも何でも、みっともないとこ、ジャンジャン見せて、愛想つかされたほうが、簡単でいいじゃないねえ」
よね「——（笑う）別れると決った男にもよく思われたいのよ。そこがいいとこじゃないの」

サチ子「――」
よね「嫌いになったんじゃないのよ。前の男も好き、新しい男のほうがもっと好き」
サチ子「(ため息をつきかけて)あら、それ、うちで前、使ってた――」
　浩司の直しているガスストーブ。
よね「そうよ。新しいの買ったとき、粗大ゴミで捨てたもンよ」
　サチ子、気がつく。
　テレビ、ラジオ、冷蔵庫、柱時計、扇風機、トースターなど、さまざまなぶっこわれた代物が、うしろの床の間に積み上げてある。
よね「――まだ使える、直せば使える、アパートの人の捨てたもの、みんな拾ってるの。おアシのかからない、いい趣味でしょ」
浩司「使い込んでさ、使い勝手が判った時分になると、あきてポイなんだから――どういう気、してンだか」
よね「あんた、お茶」
浩司「これから味が出るってとこで、目移りすンだから――物の価値ってやつが全然判ってねえんだよ」
よね「いつもこれ。同じこと、言ってンの」
浩司「これから、味が出るんだよ。これからってときに、目移りすんだから、物の価値が」

よね「それ、いま、言ったの、ね」
浩司「だからさ、物の価値が判ってない」
よね「ハイヨハイヨ。それもいま、言ったの。（サチ子に）ハツカねずみが車廻すみたいにさ、同じこと言うのも趣味、こっちも、金、かかんないから――」
　言いかけて、よね、ふと聞耳を立てる。
サチ子「あ、帰ってきた」

◆時沢の部屋（深夜）
　たたみの上でねている集太郎。サチ子。
　集太郎、酔っている。
サチ子「帰ってきたんなら、ちょっと声かけてくれりゃいいじゃないの」
集太郎「――え、ああ」
サチ子「今日はなんですか。マージャンでございますか、それとも、お仕事（言いかける）」
集太郎「一年生じゃないんだから、いちいち報告することないだろ（大あくび）」
サチ子「あくび、だんだん大きくなるわねえ」
集太郎「え？（また大あくび）どっかよそへ行ってやってたら問題だろ」
サチ子「結婚てのは」

集太郎「え？」
サチ子「家庭てのは、おっきいアクビ、するとこですか」
　サチ子、立って水道からグラスに水を受ける。
　水道をいっぱいに出して、グラスから溢れるが、そのままじっとしている。
サチ子（声）「豊かな――溢れるほど豊かな女もいます。からっぽな女もいます」
◆イメージ
　激しく抱き合う峰子と三宅。
　そして、もっと激しく抱き合う峰子と麻田のイメージ。
　あの声が聞えはじめる。
麻田（声）「上野。尾久。赤羽。浦和。大宮。宮原。上尾。桶川。北本。鴻巣――」
◆時沢の部屋（深夜）
　うしろで大あくびの集太郎。
　ごろりと畳にひっくりかえっている。
◆アパート・表
　出勤してゆくアパートの男たち。

新婚サンのドアがあき、夫が出てゆく。

益本雄一（32）が出てゆく。

妻の英子がとび出して、忘れたたばこを手渡している。

一番年かさの持田卓雄（65）が、二番目のつとめらしく、大儀そうに出てくる。

妻の文子（63）は、見送りの声もかけず、ゴミを捨てている。

集太郎が階段からおりてくる。

英子「おはようございます」

集太郎「（口の中で）おはようございます」

文子「いってらっしゃいまし！」

集太郎「――ども――」

集太郎、胃のあたりが重いらしく、あくびをしながら、冴えない顔で出てゆく。

サチ子、空いた牛乳ビンをボックスに入れて部屋の中へもどりかけ、鼻をスンスンやる。（頭にはクリップ、スカーフをかぶっている）

新婚サン「おはようございます！」

サチ子「おはようございます」

新婚サン、意味もなく笑う。

サチ子「あのう、何かガス臭くありません」

新婚「いいえ、あたし、匂わないけど」

サチ子「気のせいかな」
新婚「ニンニクの匂いじゃないですか」
　何がおかしいのかクスクスと笑い、自分たちの表札の歪みを改めて、部屋の中へ入ってしまう。
サチ子「ニンニクとガスじゃ、全然違うじゃない。何言ってンのよ――」
　スンスンやって、
サチ子「気のせいかな」
　入ってゆく。
サチ子「さあ、仕事仕事！」

◆時沢の部屋（朝）

ミシンをかけて内職をしているサチ子。
ミシンの部分を終え、手かがりになる。
ふと、手をとめる。
壁の向うに気配がある。
女のうめき声、男のうめき声。
サチ子、体を斜めにして聞いている自分の姿を、鏡の中に見つける。
振り切るように、プレイヤーをかける。

バッハの鎮魂ミサ曲を大きくかける。

サチ子、額の歪みを直し、針をすすめる。

やはり気になる。

レコードのボリュームをすこし下げる。

女のうめき声。

サチ子、ボリュームをまた上げる。

サチ子、カッとして、歪んでもいない額を直す。

バッハ、その合いの手に女のうめき声が入る。

また、小さくする。

サチ子、鼻をスンスンやる。

首をかしげながら、ベランダに出る。

ベランダから隣りをのぞく。

サチ子、身をのり出してのぞく。

隣りの部屋のカーテンが揺れている。レースのカーテンの向うから女の手がガラス戸をあけようとして空を掻いている。

その手に血の筋がみえる。

サチ子、ベランダの境を乗り込える。

隣りのベランダでガラス戸をあけようとするが、あかない。

レースのカーテン越しに峰子が倒れているのがうかがえる。

サチ子、ベランダの枯れた植木鉢でガラスを叩き割る。

サチ子、鼻を押える。割れたところへ手を入れ、カギをあけようとする。

あわてているので、なかなかあかない。

サチ子「(叫ぶ)誰か来て！　誰か来て！　管理人さん！　一一〇番！」

やっと鍵があく。

手首をガラスで切ったらしく血が流れるが、サチ子は気がつかない。

サチ子「誰か！　管理人さん、呼んで！　一一〇番呼んで下さい！」

叫びながら飛び込む。

◆峰子の部屋

ダブル・ベッドからずり落ちる格好で、ほとんど裸の三宅。

峰子は、ベランダのところまで這ってきて倒れている。

サチ子、峰子を引きずり出そうとして、はげしく咳き込み、片手でガスをはらいのけながら、峰子を引きずり、ベランダぎわまで引っぱり出そうとするがうまくゆかない。サチ子、無意識に峰子のまくれた裾を直す。それから、ドアに突進して、内からカギをあける。

管理人のよね、浩司、新婚さんらの顔が一斉にのぞく。

サチ子「オバさん！」

　倒れている峰子の顔。

　救急車のサイレン。

◆アパート・前

　人垣の中を救急隊にかつがれた二つのタンカが救急車に走り込む。
A「心中だってさ」
B「心中？」
C「死んだの」
D「まだ息あるらしいって」
　走り去る救急車。

◆テレビの画面

　インタビュアーにマイクを向けられているサチ子。

　手首の繃帯。

　服も着替えず、髪もそのまま。

サチ子「さあ。隣りっていっても、越してまだふた月ですから――いえ、あっちが――そんな親しいってなにじゃないし――あら、これ、うつってるんですか。やだ、こんな格好で――アタマだって――あたしより管理人さんのほうが」

インタビュア（声）「現場へ飛び込まれたときの気持は」

サチ子「もう――夢中っていうか、夢中ですね。もう――（ハアハア言ってしまう）こういうの、生まれて始めてなんです。ほら、毎日って、普通でしょ。自分の廻りには、自殺とか、心中とかそういうこと、絶対に起らないって、――なんかそう思い込んで暮してるとこあるでしょ。でも、そうじゃないんですよね。そんなこと思ってもいないときに、バシャッーって、ほっぺた引っぱたかれたみたいに、そういうこと、隣りで起きるんですよ。別にフシギでもなんでもないわけだけど――ほら、あの、西鶴ですか、『好色五人女』の樽屋おさん、あ、おせんだったかな。それと、なんとかべエの、じゃないか――暦屋の、いまで言えば、カレンダー屋の奥さんの――あ、大経師、オ、オ――オサン――あれ、やだァ、まじっちゃった。（笑いながら）浮気したり、心中したりした――ああいう、思い切ったことしたひとの隣りには、普通の、ほんとに普通の女が住んでて――びっくりしたと思いますよ。ええ、あたしみたいに――これですか。戸、あけるとき――ガラスで――痛いんだか痛くないんだか、まだ判んないんです。あら、まだうつってンですか！　やだ！　こんな格好で――」

　たかぶっているせいか、サチ子、やたらに笑う。

サチ子「まさか、こんなことになるなんて思わないでしょ。こんなもン（クリップ）くっつけたまんまで――やだなあ。いつもはちゃんと、髪ぐらい、なにするんですけどねえ、今日に限って――」

サチ子の血のにじんだ手首の繃帯が、テレビの画面をおおうようにする。

◆管理人の部屋

　黙々と古い扇風機の修繕をする浩司。

古い型の白黒のテレビが、サチ子の、のぼせた顔を流している。

サチ子「いいえ、特別、派手ってことはなかったみたい――着るものだって――やだ、

（ブラウスの襟もとに気づく）ボタン、ブラブラ。ハハハ。内職で、ひとのボタンつ

けてるくせして、――洋裁の――自分のって、かえって、いい加減ていう、こういう

の紺屋のなんとかって、いうんじゃないかしら。――フフ、フフフフ。あ、まだ、う

つってンですか」

　おもてのドアを叩く音。

声「管理人さん！」

浩司「いま病院！　そのあと警察！」

　手を休めず、ねじ廻しを動かす。

テレビの画面が流れ、乱れ、音声がおかしくなる。

浩司、ブン殴る。

音声が急に大きくなる。

サチ子「主人ですか、サラリーマンです。ごく平凡な——平凡なサラリーマン——やだ、
まだ、うつってンですか」
テレビの画面、乱れて、サチ子の笑い顔が、おかしな具合にゆがみ、スーと消える。

◆時沢の部屋

部屋のまん中に放心しているサチ子。
まだ荒い息をしている。
冷蔵庫をあけて残り物のおかずを出す。
指でつまんでムシャムシャ食べる。
電話が鳴る。
サチ子「(食べながら)モシモシ、時沢です」
集太郎(声)「みっともない真似するなよ!」

◆ビル・廊下・赤電話

あたりを気にしながら、赤電話をかけている集太郎。
サチ子とカットバックする。
集太郎「テレビだよ、テレビ!」
サチ子「テレビ、見たの?(目が輝く)」

集太郎「調子づいて、ペラペラペラペラしゃべって——人が死んでんだろ。それ、嬉しそうにしゃべるバカ（あるかよ）」
サチ子「死んでなんかいないわよ。助かったわよ、あたし、助けたのよ！」
集太郎「助かったにしたってだよ。生き死にに変わりはないだろ。鼻の孔ふくらまして、笑いながらしゃべるハナシじゃないよ」
サチ子「笑ってなんかいないでしょ！」
集太郎「笑ってたよ。嬉しそうに——ヘラヘラ！　不謹慎だよ」
サチ子「——モシモシ——」
集太郎「それから、知りもしないこと、しゃべるなよ」
サチ子「え？」
集太郎「西鶴の五人女がどしたとか。聞いてて、オレ、冷汗出たよ。おせんとおさんの区別もつかないで——なにがカレンダー屋だよ」
サチ子「——だって学校のとき、試験に出たから」
集太郎「言うんなら、ちゃんと読んでから言えよ」
サチ子「普通のときじゃないのよ。こっちだって、のぼせて、まざっちゃったの」
集太郎「いくらのぼせたって、亭主のことまで言うことないだろ」
サチ子「なに言った？　あたし」
集太郎「平凡なサラリーマンです——その通りだけどさ、なにもテレビに出てまで宣伝することじゃないよ」

サチ子「聞かれたから言っただけでしょ」

集太郎「会社の連中も見てンだよ。いい笑い者だよ」

サチ子「出たくて出たわけじゃないわよ。管理人さん、病院だし、ドア、ドンドン叩かれて、マイク突きつけられたら、仕方ないでしょ」

集太郎「だったら、うちに居なきゃいいだろ」

サチ子「どこ。行ってンのよ」

集太郎「そのくらい自分で考えろよ！」

◆時沢の部屋

サチ子。

サチ子「モシモシ」

電話ガシャンと切れる。

サチ子「（呟く）ケガのこと、ひとことぐらい聞いてくれてもいいんじゃないかな」

手首の繃帯。

◆街

歩くサチ子。

◆時沢の部屋

無人の部屋に電話のベルが鳴っている。

◆集太郎のデスク

電話をかけている集太郎。出ない。

◆街

歩くサチ子。

本屋へ入る。

◆本屋

文庫本の『好色五人女』を引き抜くサチ子。

◆喫茶店

コーヒーを前に「五人女」をひらいているサチ子。

サチ子「『巻二　情を入れし樽屋物語』恋に泣輪の井戸替、身は限りあり、恋は尽きせず、無常はわが手細工の棺桶に覚え、世を渡る業として錐鋸（きりのこぎり）のせわしく――」

コーヒーカップを持ち上げる手がカタカタと小刻みに震えている。

サチ子「やだ。まだ震えてる——」

ページをめくり、現代語訳を見る。

サチ子「『人の命には限りがあるが、恋路はつきることがない』」

あとは目は字を追うが放心する。

あの声が聞えはじめる。

麻田（声）「武智先生のお宅ですか。朋文堂の麻田ですが、額縁をお引き受けした朋文堂の——はい、麻田です」

サチ子、文庫本をバッグに仕舞う。

◆公衆電話ボックス

職業別電話帳をめくるサチ子。

絵画材料、額ぶちの項。

朋文堂の店名をみつける。

サチ子、ダイヤルを廻す。

麻田（声）「朋文堂ですが——」

サチ子「——」

麻田（声）「モシモシ！　モシモシ！　朋文堂ですが、モシモシ——」

　サチ子、受話器を置く。
　住所を見る。

◆電車

　乗っているサチ子。

◆朋文堂

　表に立つサチ子。
　額縁の飾り替えをしている麻田の姿が見える。
　仲間の店員と冗談を言って笑っている。
　サチ子、中へ入ってゆく。
　額縁を物色する。
　麻田、気がつく。半端な会釈をする。
サチ子「あのォ――」
麻田「――」
サチ子「あのひとのこと、ご存じないですか」
麻田「あの人？」
サチ子「心中――ケガして――大変だったんです」

麻田「?——」

◆朋文堂・倉庫

立ちばなしをする麻田とサチ子。
まわりは、額縁の材料、つくりかけ、こわれた手入れ中のものなどが雑然と積んである。

麻田「心中——ですか。無理心中——」
サチ子「無理心中らしいって言ってました」
麻田「——」
サチ子「命には別状ないそうです。ガスは少し吸ってるけど。ケガの方も大したことないって——」
麻田「——そうですか」
間。
麻田「ケガは——」
サチ子「ほんの、カスリ傷です」
間。
麻田「ぼくに知らせろって言ったの——あの人——」
サチ子「いいえ」

麻田「(判らない)」
サチ子「あの人の店の――カウンターで、電話かけてらしたとき、ここの名前――」
麻田「ああ。あなたがカギ、持ってきたとき」
サチ子「(うなずく)」
麻田「それにしても、どしてぼくのこと――そうか、アパート彼女の隣りだから、出はいりに、ぼくの顔――いや、でもアパートの部屋行ったのは、一回きり――」
サチ子「――声で判ったんです。あ、あの声だ――上野。尾久。赤羽。浦和。大宮」
麻田「――」
　失言に気づくサチ子、絶句する。
サチ子「あ――すみません。アパートの壁、薄いのかな。聞くつもりなくても、いびきやため息まで筒抜けなんですよ――あ」
　また、失言。
サチ子「――あ、あたし(どうしたらいいか――)」
　すべてを聞かされてしまった男は、黙って横を向く。
　沈黙して、額縁をさわっている。
　間。
サチ子「おじゃましました」
麻田「どうも――」

◆街

店を出て歩き出すサチ子。
失言のミス。期待した分だけ手ひどい失望。
放心して歩く。
急ぎ足に来た男が急に、横にならんで歩き出す。
麻田である。

麻田「いっぱい、つき合って下さい」
サチ子「――あ」

◆スナック

バーともつかずスナックともつかぬ店。
まだ陽が落ちてないので空いている。
カウンターで水割りをのむ麻田とサチ子。
うす暗い店内は客が二人だけ。
ボーイが、二人の前に水割りのグラスを乱暴に置く。
麻田、グラスをガツンと乱暴にぶつけてくる。
サチ子、その気持をはかりかねたように見ながら、グラスを繃帯をした手で持ち上げる。

麻田、また激しくグラスをぶつけてくる。

そして、ぐーとあける。

サチ子も、ぐっとのむ。

無言の長いときが流れる。

サチ子（声）「この人は、一言も口をききませんでした。ひとことも口をきかずに水割りを三ばい飲み、私も二はい飲みました」

黙々と酒をのむ男の顔を見るサチ子。

◆街（夜）

街は暗くなっている。

サラリーマンの人たちの退けどき。

駅へ押寄せる人の波に向って雑踏のなかをならんで歩くサチ子と麻田。

麻田「腹は、すいてないですか」

サチ子「――すいてます」

麻田、甘栗を買う。

歩きながら、カラをむき、いきなりサチ子の口に、乱暴なしぐさで押しこむ。

サチ子、食べながら歩く。

麻田、自分も食べる。

また、むいて、サチ子の口に押し込む。

自分も食べる。

押し込む。

食べる。

サチ子、そのたびに、気持も、からだも高まってくるものがある。

またひとつ押し込まれる。

◆ホテル(夕方)

ベッドで激しく抱き合う二人、そこだけ別のもののように頭の上に投げ出されていた繃帯のサチ子の手が、男の背中を抱く。

サチ子の目尻から涙が流れる。

窓に夕焼。

◆時沢のアパート・表(夕方)

近所の主婦が買物かごを下げて、かたまって、アパートを指してヒソヒソばなし。

なかに、アパートの住人文子と英子の姿もある。

帰ってくる集太郎。主婦たち、道をあける。

文子「お帰りなさい」
集太郎「――――（ただいま）」
文子「奥さん、大変だったのよ（まだ興奮している）」
　集太郎、会釈を返して、急ぎ足で階段を上ってゆく。

◆時沢の部屋（夜）

　無人の部屋。
　やりかけの内職。
　集太郎、ベランダに出てみる、乗り出して隣りのベランダをのぞく。
　あかりの消えた室内。
　カーテンをしめてない窓。割れたガラスにはり紙があてがわれて応急修理がしてある。
　集太郎、部屋にもどり、たばこに火をつける。

◆ホテル

　麻田がシャワーを浴びて出て来たところ。
　洗った頭をバスタオルで拭きながら、電気のスイッチをひねる。
サチ子「電気つけないでください」

サチ子はまだベッドにいる。
麻田、消す。

サチ子「(わざと屈託のない調子で)額縁の――いい額縁つくるコツってなんですか」
以下、ポツリポツリとしたやりとり。

麻田「絵に嫉妬しないこと――」
サチ子「――――」
麻田「ケチなやきもち殺して、どうしたら、この絵が引き立つか考えてやることかな」
サチ子「やきもち、殺すって、――じゃあ、本当は絵を描く――」
麻田「額縁よりも、まん中のほう、やりたかったから――」
サチ子「どうしてやらないんですか」
麻田「才能ガナイ」
サチ子「チャンスガナイ」
麻田「才能のない奴に限ってチャンスのせいにするんだ」
サチ子「――――」
麻田「――自分に引導渡すために、ちょっと本場、のぞいて来ようかと思ってね」
サチ子「パリ?」
麻田「ニューヨーク」
サチ子「ニューヨーク――」

麻田「一緒にいこうか」
サチ子「あたし？」
麻田「パスポート持ってるから簡単だ」
サチ子「どうしてそんなこと」
麻田「パリいく寸前に盲腸になったりして——ここ一番てとき、しくじる癖がある——」
サチ子「あッ——そうか、あのとき——」
　麻田、笑う。
サチ子「去年、内職してる友達と、一緒に行こうと思って」
麻田「内職って、なにやってるの」
サチ子「縫製の下請けです、ブラウス一枚縫って千二百円——」
麻田「——」

◆ホテル・バスルーム（夜）

　シャワーを浴びているサチ子の、繃帯をした右手。
　湯がかからないようにかばって、シャワーの湯の横に突き出している。
麻田（声）「シャワーは傷によくないんじゃないの」
サチ子「大丈夫です——」

◆ホテル（夜）

サチ子のバッグの口が半開きになっている。

麻田、閉めようとして、中から本がのぞいているのに気がつく。

「好色五人女」の文庫本。

パラパラとめくる。

麻田「『巻四。恋草からげし八百屋物語』

雪の夜の情宿。油断のならぬ世の中に、殊更見せまじき物は、道中の肌付金、酒の酔に脇差、娘の際に捨坊主」

苦笑する麻田。

麻田「道中の肌つけ金か――」

のぞいている赤い財布をあけてみる。

千円札が三枚と小銭。中にメモ。

ほうれん草一把、豚肉二百グラム、紅しょうが、百ワット電球、洗剤、ミシン針、などの細かな文字。

麻田、ポケットから封筒を出す。三十万ばかりある新しい札の中から、三枚抜いてたたんで入れておく。

ドアをあける気配。

麻田、バッグをもとへもどし、さりげなく外の景色を眺める。ラブホテル街のネオンのまたたくガラス窓に、帰り支度をしたサチ子がうつっている。

麻田「帰るの？」
サチ子「さようなら」
麻田「それだけ？」
サチ子「――一生の――思い出です」
麻田「さよなら」

サチ子、バッグを抱えると出てゆく。
バタンとドアがしまる。

◆夜の街

歩くサチ子。

サチ子（声）「街が輝いてみえました。人がイキイキとみえました。足許のコンクリートが分厚い絨毯（じゅうたん）を踏むように思えました。なにか大きなものに済まないと思いながら――浮気ではない、恋をした自分に酔っていました」

◆アパート・階段（夜）

上ってゆくサチ子。

途中で足がとまる。
少しためらって、また上ってゆく。

◆時沢の部屋（夜）

カギをあけて入ってくるサチ子。
すわってビールをのみながら夕刊を見ている集太郎。
やわらかい集太郎の言い方。
サチ子「ただいま」
集太郎「手、どした」
サチ子「大丈夫」
集太郎「ガラスか」
サチ子「大したことない」
集太郎「見せてみろよ」
サチ子「いいの、いいったら」
集太郎「女が飛び込むことないんだよ。とびこんだとたん、ガスが冷蔵庫の火花で爆発
なんてことあるんだから」
サチ子「はい」
集太郎、昼間の言いすぎを気にしているらしい。

集太郎「あ、それからな、電話かかってきたぞ」
サチ子「だれ」
集太郎「坪田ってのと三杉っていったかな」
サチ子「あ、悦子さん。内職の友達」
集太郎「テレビ見ましたって――」
サチ子「――ごめんなさい――（頭を下げる）」
集太郎「うん？」
サチ子「テレビのこと」
集太郎「済んだことはいいよ」
サチ子「――」
集太郎「一年たちゃ、笑いばなしだよ」
　サチ子、顔を直す。それから台所へ立つ。
　ヤカンに水を入れてガスを点火。
サチ子「ごはん、まだでしょ」
集太郎「手、痛いんだろ。すしでも取りゃいいじゃないか」
サチ子「おすしねえ」
集太郎「たまにゃ、外へ出るか」
サチ子「――うん――」

ガスの火をみつめているサチ子。集太郎、うしろから抱いて、首筋にキスをする。
ドア・ノック。

よね（声）「奥さん、帰ってる！」

サチ子「あ、管理人さん、ハーイ！　いま、あけます！」

サチ子、とんでゆく。ドアをあける。

よねが立っている。クシャクシャの五千円札をヒラつかせている。

よね「お借りした分。救急車にのるとき――」

サチ子「ああ。そうだ、あたしのほうも百五十円」

よね「え？」

サチ子「きのう、石焼芋――」

よね「あ、そうか」

集太郎「なんか、大変だったですねえ」

よね「十年に一度、ないんだけどねえ。ドカンだの、こういうのは（首吊るまね）」

集太郎「そうしょっちゅうじゃ、こっちもたまンないですよ」

よね「ほんと。（お愛想笑いで）奥さん、大働き――」

集太郎「オッチョコチョイなんですよ、で、どうなんですか――（こっちはと隣りを指す）」

よね「一日か二日で退院出来るらしいんですけどね」

サチ子、バッグからガマ口を出してくる。
二人の女、うす暗い玄関のあかりの下で、頭をくっつけるようにしてガマ口をさぐる。
サチ子「ええと百五十円」
よね「五十円、あるわよ（言いかけて）あ、奥さんとこ、石けん、変えた？」
サチ子「え？」
よね「匂い、いつもと違うから」
サチ子「やだ。同じですよ」
よね「湯上り？」
サチ子「いいえ」
よね「ツヤツヤしてるわよ。こんなねえ心中なんてあると、女はアタマに血がのぼるから」
サチ子「おばさんだって十ぐらい若返ったわよ」
笑っていたサチ子、けげんな顔になる。
サチ子「あら（札に気づく）」
よね「え？」
サチ子「ううん、ちょっと——」
よね「たしかに——おやすみなさい」

サチ子「――」
　ドアをしめるサチ子。
　サチ子、ガマ口の中から札を出す。
　新しい一万円札が三枚、折って入っている。
集太郎「すし、どうするんだ。取るなら取る、出るなら出る」
　サチ子、玄関の暗いところに立ったまま、
サチ子「――あたしのお財布、あけた？」
集太郎「おい。（気色ばむ）オレな、それだけはやったことないぞ」
サチ子「そうじゃなくて――抜いたって言ってンじゃないの、いま、あの帰ってから
　――出来るわけ、ないのよね」
集太郎「なにいってンだよ」
サチ子「――ゴミ、捨ててくる――」
　サチ子、ドアの外へ出る。
　ポリバケツをもって階段をおりる。

◆ゴミ捨場（夜）

　角のゴミ捨て場。
　庭のブロック塀に「ゴミ集めの日以外は捨てないで下さい」の札。少し捨ててある。

その前にポリバケツを手にぼんやり立っているサチ子。
サチ子（声）「お金を入れたのはあの人に違いありません。私は一生に一度の恋をしたと思っていたが、あの人は私を買ったのです」
立ちつくすサチ子。
そばに集太郎が立っている。
集太郎「どうかしてるぞ」
サチ子「――あ――」
集太郎「昼間のこと、もう気にするのはよせよ」
サチ子「――――」
集太郎「全く、はた迷惑なのが隣りへ越してきたもんだよ」
集太郎、サチ子の手からポリバケツを受け取ると、肩を叩いてうながし、アパートへ入ってゆく。

◆時沢の部屋

ミシンを踏んでいるサチ子。
ミシンがとまる。
抽斗（ひきだし）をあける。入っている三枚の札。
サチ子「なによ。人、なんだと思ってンのよ」

ノック。

サチ子「はあい！」

サチ子、覗き窓からのぞいてアッとなりあける。

蒼白い顔をした峰子がガウン姿で立っている。

峰子「いいかしら」

サチ子「どうぞ——」

峰子、玄関に入りドアをしめる。

ケチな菓子折を出して、頭を下げる。

峰子「奥さん、このたびは——いろいろ——」

サチ子「あたし、別に（少しうしろめたい）」

峰子「手、ケガ——」

サチ子「ううん、ほんの——」

峰子「奥さん、飛び込んでくれなかったら、あたし——今頃、このくらいの四角い箱」

サチ子「もう、いいの？」

峰子「まだ少しフラフラするけど」

サチ子「大変だったわねえ」

峰子「自業自得——。奥さん。ほかは何やってもいいけど心中だけはやめたほうがいいわよ。あれ、保険おりないから」

サチ子「相手がいないわよ」

二人笑う。

峰子「立派なのが一人いりゃ沢山よ。その一人がいないから、こっちはバタバタしてンだから」

峰子、ちょっとのぞいて、

峰子「同じ間取りなのに、別のアパートみたいねえ。やっぱし、『家庭』ってのはちがうわね」

サチ子、うしろめたい、下うつむいてしまう。

峰子「奥さん、うつむくことなんかないじゃない」

サチ子「え？」

峰子「――みっともないことしたのあたしなのに――はなし逆よォ」

サチ子「――どこのうちだって、突っつけば、みっともないことひとつやふたつ、あるんじゃないの？　おたがいさまよ」

峰子「あーあ。今日あたり、そういうこと言われると、こたえるなあ。廊下へ出ると、アパート中の人が、ギューって、こう――（顔に）矢でも刺さるみたいだもの。奥さんだけよ、やさしいの」

サチ子「――（困る）――盲腸の友だから――」

峰子「あ、そうか――（笑って）厚かましいけど、盲腸の友ってことで――いいかなあ」
サチ子「え？」
峰子「（二本指）――あ、なんなら（一本指）でもいいの。店ゆきゃあるんだけど――
銀行いくと、また、じろっと見られるし――二、三日で――必ず『なに』しますか
ら」
サチ子「あ、お金――ああ、どうぞ」
サチ子、反射的にミシンの抽斗から札を出し、三枚の内二枚を峰子に渡す。
峰子、手刀を切って受け取り、改めて、
峰子「たしかに――」
言いかけて、アレッとなる。凄い目になって改める。
サチ子「どしたの？　ニセ札？」
峰子「おかしなこと、あるもんねえ。世の中には、あたしと同じ癖ある人がいるのか
な」
サチ子「え？」
峰子「あたしねえ、（じっとサチ子を見てゆっくりと迫力ある口調で）惚れた男に金貢
ぐとき――こっちもお世辞言ってお酒ついで、もうけた金ですからねえ。サヨナラの
あいさつ代りに、こやって――端のとこに口紅つけて、バイバイすンのよ。そやって
別れりゃ、いつか、どこかで、またそのお札にめぐり合うかも知れない、そう思って。

これ、ついこの間、バイバイしたのと、同じにみえるけど――奥さん、このお札どこで――誰に――」
サチ子「（あわててしまう）誰かな、うちのお金は主人の月給かあたしの内職だから」
峰子「それだけ？」
サチ子「それだけって、ほかにな、なにかあるんですか」
峰子「（じっと見る。フフンと笑う）」
サチ子「――」
峰子「おじゃましました」
サチ子「あの、お金」
峰子、複雑に笑って出てゆく。
持ってゆかなかった二枚の一万円札。たしかに隅にハッキリ口紅がついている。
サチ子、ペタンと坐り込む。
廊下で言い争う声が聞える。

◆アパート・廊下

文子、英子、新婚サンに囲まれて、吊し上げられている峰子。

峰子「多少のご迷惑かけたことはお詫びしますけどねえ、別に人のもの泥棒したわけじゃなし、こわしたガラス入れかえりゃ――なにも、アパート、出てくこと、ないと思いますけどね」
文子「どこいっても言われるのよ。『ああ、あのアパート――』って」
英子「なんかあたしたちまで――ねえ」
新婚「乱れてるみたいに言われるのよね」
峰子「乱れてる――」
峰子、うしろにサチ子がいるのを意識して、ゆっくりと言う。
峰子「『乱れてる』――ねえ。近頃は家庭の主婦のかたのほうが、ずっと乱れてるんじゃないんですか。金と引きかえに男に体売ってる奥さんも多いって」
うしろから、ほうきを持った、よね。
よね「そういやあ、主婦売春ての、聞くわねえ」
サチ子「――」
凍りつくサチ子。
その前を通ってもどってゆく峰子。
ドアがバターンとしまる。
サチ子（声）「主婦売春。主婦売春。新聞や週刊誌で見かけた四つの字が、大きく目の前に迫ってきました」
◆朋文堂

サチ子が主人にたずねている。

主人「麻田ですか、いないんですけどね」
サチ子「帰り――何時頃」
主人「何時って、今日明日にゃ帰ンないですよ」
サチ子「え？」
主人「アメリカ――ひと月ほど、休ましてくれっていってたけど（他の店員に）まあもどってくりゃめっけもンだな、ありゃ」
サチ子「住所、判りますか」
主人「おい！　どっか書いてったなあ」

◆ミシンの上

口紅のついた一万円札。ニューヨークの住所と電話番号のメモ。
すわっているサチ子。
うしろに額。

◆時沢の部屋（夜）

集太郎を拒むサチ子。
体を固くして逃れ激しくあらがう。

　二人争って、布団からせり上り、ミシンの下に入り込んでしまう。
サチ子「くたびれてるの、ごめんなさい」
集太郎「――内職なんかやめちまえよ」
　集太郎、ごろんと向うを向く。
サチ子（声）「浮気なら、まだ言い訳は立ちます。でも金で売った形になった体です」

◆アパート・廊下

　ゴミを捨てに出ようとするサチ子。
　廊下で峰子とよねがヒソヒソばなしをしているのを見て、ひるむ。
　二人ちらりと見る。
　サチ子、ドアの中へ引っこむ。

◆八百屋

　買物をして一万円札を出しかけるサチ子、はっとなる。
　英子、文子、新婚サンが、こっちをじっとみている。
　だがそれは別人。
　サチ子、手にした大根を置き、何も買わずに出てくる。

◆旅行代理店

入ってゆくサチ子。

サチ子（声）「内職でためた定期を解約して、——ビザをとって——航空券を買いました。結果的にですが、金を受取った主婦売春という汚名を『恋』に変えてしまわなくてはならないと思いました」

パスポート、ビザのスタンプ。

「曾根崎心中」生玉社前の段の下座が入る。

浄瑠璃「〽立迷う　浮名をよそにもらさじと
　包む心のうち本町
　焦がるる胸の平野屋に
　春を重ねし雛男」

文楽、人形の振りなどダブって——。

◆成田空港

旅客機が飛び立ってゆく。

◆旅客機内

座っているサチ子、『好色五人女』をひろげている。

サチ子「(一節を読む) よもやこのこと、人に知られざることあらじ。この上は身を捨て、命かぎりに名を立て、茂右衛門と死出(しで)の旅路の道連れ」

本の間に口紅のついた三万円がはさんである。

◆イメージ(道行の場)

夜明けのビル街を駆けてゆく道行の二人。

手代風の男は麻田。

人妻風の女はサチ子。(眉を剃り、お歯黒をつける。ごく地味な衣裳で)

男が先を走る。女は必死に追う。ゴミの車を追うように裾もあらわに全力疾走する。

ビルの間から太陽がのぼってくる。

◆飛行機

飛ぶジャンボ・ジェット。

◆時沢の部屋

帰ってきた集太郎。

食卓の上の手紙。

サチ子「谷川岳へのぼってきます」
集太郎「谷川岳？」
　さっぱりわからない集太郎。

◆マンハッタン全景

　立ちならぶ摩天楼。

◆ニューヨーク

　ビルとビルの谷間。

　さまざまな人種の雑踏の俯瞰。

　そのなかに、小さなトランクを提げたサチ子がまじっている。キビキビ動く人のなかでひとりウロウロしているサチ子。

◆二十八丁目

　タクシーをおりるサチ子。

　メモを片手に番地をたしかめ、ロフトの建物を見上げる。大きな窓。

　ロフト（古い倉庫を改装したもの）の横手へ廻り、やっと入口を見つける。

◆ロフト

暗い古い建物。使っていないエレベーター。
階段を上ってゆく。暗く、こわれている。不安。
五階のとっつき。名刺が貼ってある。
ノックをする。猫を抱いた若いアメリカ人の男が顔を出す。
サチ子「ハロー、(言いかけて)あ、エクスキューズ・ミー。あ麻田、あー、ミスター・アサダ――」
男のうしろに、これも同じ柄の猫を抱いた麻田。
麻田、抱いていた猫を放す。
みつめあう二人。
サチ子「あんまりびっくりしないのね」
麻田「びっくりしても、顔に出ないタチなんだ」
サチ子「――」
麻田「誰かと一緒?」
サチ子「ひとり――」
麻田「なんていって出てきたの」
サチ子「――谷川岳へのぼりますって」

麻田、笑う。
サチ子「あの、あたし、お返ししなきゃならないものが」
ハンドバッグをさぐるサチ子の口を封じるように、乱暴なしぐさでトランクをもぎ取る麻田。
麻田「どこ、一番先に見たい？」

◆ニューヨークの街

恋人同士のように腰に手を廻し、はしゃいでじゃれ合いながら歩く、麻田とサチ子。

サチ子（声）「五番街！　タイムズ・スクエア！　ハーレム！　ティファニー！　カーネギー・ホール！　ヴィレッジ・ソーホー！　セントラル・パーク！　ダコタ・ハウス！」

今度はサチ子が連呼する番である。

見たいといった場所が、二人の入った絵ハガキ風にうつる。

新しい街、古びた街を歩く二人。

黒人、ゲイ風、レズ風。肥ったの、やせたの、老若男女、さまざまな人間の顔が二人の廻りを通りすぎる。

ウインドー・ディスプレーをのぞく二人。

劇場の前に立つ。

画廊をのぞく。

骨とう屋をひやかす。

果物屋でオレンジを買う。一つのオレンジを麻田がかじり、サチ子がかじる。

サチ子（声）「こんなすばらしい気持は生まれてはじめてでした。一分一秒のすき間もないくらい、ニューヨークという街に、しっかりと抱きしめられて、はじめての景色、はじめての匂いに、体中がジンジンするほど酔いました。生まれてはじめて恋をした男と、二人きりで、ニューヨークにいるなんて――信じられない気持です。ねえ、ここ本当にニューヨークなの」

夕方、陽の落ちたバーで、グラスを合わせる二人。

合わしたグラスの向うで唇を合わせる二人。

サチ子（声）「ニューヨークの上に恋という字、道行ということばが重なって、私のからだを溶かしました」

◆ロフト（深夜）

ひろいロフトの隅に麻田のベッドコーナー（むき出しの床にマットレスを置いたもの）。

抱き合ってねむる麻田とサチ子。

ロフトの中はかなり暗い。

点滅する前のビルのネオンだけがうすいあかりになっている。

サチ子、夢うつつで呟く。

サチ子「のど、乾いた――ああ、のど――」

サチ子、疲れのせいか目があかない。

麻田を集太郎と錯覚しているらしい。

夢うつつで麻田の腕をはずし、ベッドから起き上る下着姿のサチ子。

サチ子「ちょっと、あたし――お水のんでくる。あ、(麻田を踏んでしまう) ごめんなさい。ヨイショ」

フラフラと歩き出し、三歩ほどで、ついたてにぶつかってしまう。

激しい音を立てて、ついたては倒れ、植木鉢をこわしてしまう。

サチ子「あ――」

一瞬、なにが何だか判らないサチ子。

麻田、目をさます。

麻田「――」

サチ子「あたし――水飲みに――うち、ここ、このへん台所(だいどこ)なの――」

前のビルのネオンの点滅で、明るくなったり暗くなったりするロフト。

奇妙な飾りもの、天井に吊り下げてインテリアにした何台もの自転車。

猫を抱いて、起きてきた家主のアメリカ人の若い男。

ガランとした、天井の高い空間にそれらが奇妙な影をつくり、ネオンで逆光になる。

サチ子「やだ、やだ、あたし、自分ちの、アパートと間違えちゃった――アハ、アハア

ハハハ」

サチ子笑う。

笑いが、急にこわばり別のものに変ってくる。

サチ子、いきなりトランクに飛びつく。

サチ子「帰ります」

麻田「――」

サチ子「あたし、帰ります」

麻田「バカなことというんじゃない。ここは、ニューヨークだよ。日本とは一万五千キロ

離れてるニューヨークだよ」

サチ子「(叫ぶ) 帰る！ 帰る！」

麻田「どやって帰るんだ。歩いて帰るのか」

サチ子「どうしよう、あたし、大変なことしちゃった」

錯乱するサチ子を麻田、やわらかく抱いてやる。

サチ子「こわい、こわい――」

サチ子、激しく震えている。

麻田、きつく抱きしめる。

サチ子の恐れが、恍惚と陶酔に変ってゆく。

◆イメージ・密会の場

立ち腐れた地蔵堂の中で、抱き合う若い武士の麻田と武士の妻のサチ子。
とびらがあいて、侍姿の集太郎。
集太郎「不義者、成敗！」
　斬られる二人。
　集太郎のうしろで、じっと見ている遊女風の峰子。

◆ロフト

　ベッドで抱き合う二人。

◆イメージ・心中の場

　（ロフトのベッドシーンの途中のイメージ）
　人足風の三宅と遊女風の峰子が刃物で相対死に。
　峰子、抵抗し逃げるが、三宅、追いすがり、刺す。
　美しく化粧した峰子の顔が、みるみる蒼白の死相に変ってゆく。

人妻風のサチ子と絵師風の麻田の心中。
麻田、観念し手を合わせるサチ子の胸を脇差しで刺す。
断末魔の表情が、ベッドのクライマックスの顔と重なる。

◆ロフト（夜明け）

抱き合う二人。夜が明けてくる。

◆ハドソン河のほとり

昨夜の錯乱は嘘のように、はればれとたのしそうなサチ子、麻田に体をあずけ、自由の女神像を眺めている。

サチ子「あれ、何持ってるの」
麻田「右手はタイマツ。左手は『独立宣言書』だったかな」
サチ子「独立宣言——あ、自由の女神って女なのね」
麻田「——自由の女神か」
サチ子「独立。自由」
麻田「女はそういう言葉が好きだね」
サチ子「持っていないからよ、女は。結婚したら、二つとも無くなってしまうもの。人を好きになっちゃいけないのよ。恋をするのは、罪悪なのよ。昔なら殺されたわけでしょ。結婚した女は死ぬ覚悟で恋をしたのよ」

◆イメージ・河原の心中

日本の河原。

河原の石に、ひとつひとつ「南」「無」「阿」「弥」「陀」「仏」の金釘流の文字が書いてある。

そばの千本杭（せんぼんぐい）に男女の心中死体がひっかかっている。

手首と手首をツナで結び合った麻田とサチ子。

◆リヴァ・キャフェ（夜）

ハドソン河のほとり、ブルックリン橋のたもと。

マンハッタンの摩天楼のネオンを目の前にして、酒のグラスを合わせるサチ子と麻田。

二人は、またたのしげに囁き合い、笑っている。

麻田「何かおかしい」

サチ子「ニューヨークって、紐が育つって書くでしょ」

麻田、テーブルに酒で書く。

サチ子「ね」

二人、大笑い。
麻田「いっぱいいるんだ、ヒモが——（笑って）オレと同じ——」
サチ子「——（困る）」
麻田、ガシャンとグラスをぶつけて、ぐっとあおる。
サチ子「ここ、どのへん」
麻田「ブルックリン橋のたもと」

◆晒しの場

日本橋の橋詰。
心中生き残りの男女が晒されている。
男は麻田、女はサチ子。
うしろに高札。人垣。
唾をはき、はずかしめる人たちは、アパートの住人たち。
そのうしろに、じっと立っている町人風の集太郎。
そのうしろに、夜鷹風の峰子。

◆マンハッタンの砂丘

砂丘の向うに、嘘みたいにマンハッタンのビルがそびえている。

死んだ電気製品を積み重ねたオブジェが置き忘れられている。
立っている麻田とサチ子。

◆ウエスト・サイド・ハイウェイ

廃止になったハイウェイ。
夕陽にひょろ長い二つの影はサチ子と麻田。
ジョガーが犬をつれて走ってゆく。

サチ子（声）「ニューヨークには、死んだ景色が沢山あります。もう使わなくなった死んだハイウェイにうつる影法師は、二つの墓標みたいにみえました」

◆イメージ・仕事場

白い衣裳。
ざんばら髪。竹矢来（たけやらい）のなかで、はりつけ柱にかかる麻田とサチ子。
夕陽。
ミシンの音がダブる。

◆ロフト（夕方）

ねむっていたサチ子、ふと目をさます。

　ミシンの音。
　すぐ上に通風孔。
サチ子「――ね、この上、縫製工場かなんか」
麻田「（目をとじたまま）いや――彫刻家のアトリエだよ」
サチ子「ミシンが聞える――」
麻田「空耳だろ」
　麻田、寝がえりをうって、うつ伏せになる。
　サチ子、そっと起きる。
　バッグから金を出し、ブラ下っている麻田の背広に入れる。
　ふり向いたとたん、眠っていたと思った麻田が立っている。
サチ子「――私、お金、返しに来たの。あ、ちがう。それは口実です。あなたのこと、好きで――一生に一度でいい、恋がしてみたかった――」
麻田「――一緒に死んでくれるんじゃなかったの」
サチ子「一緒に死ぬ――」
麻田「ここで一緒に暮すことは、一種の心中だからさ」
サチ子「――ミシンが踏みたくなったの。帰りたくなったの」
麻田「帰れるかな」
サチ子「帰れます。昔の女は帰れなかったけど、あたしたちは帰れるわ。やり直すことが出来るわ――」
麻田「『恋を殺して――夫を選ぶ』か」
サチ子「――」
麻田「たくましいね」
にらみつけていた麻田、苦い笑顔をみせる。自分の気持を精いっぱいこらえ、しっかりやれよという風に手を差し出す。
その手を強くにぎるサチ子。
サチ子「――（万感をこめて）ありがとう」
◆二十八丁目あたり（夜）
トランクを下げて帰ってゆくサチ子。

追ってくる麻田、歩くサチ子の背中まで追いつき、
ためらうが、結局声をかけず、うしろ姿に手を振る。

曾根崎心中の有名なさわり「天神森の段」が、ヴァイタリティ溢れる男と女のロックで語られる。

（死んでゆく恋の挽歌として）

〽この世の名残り　夜も名残り

死に行く身を　たとふれば
あだしが原の道の霜
一足づつに消えてゆく
夢の夢こそ哀れなれ
あれ数ふれば　暁の
七つの時が六つ鳴りて
残る一つが今生の
鐘の響きの聞き納め
寂滅為楽と響くなり

◆空港

飛行機が飛び立ってゆく。

◆アパート・階段

ラーメン屋の出前持が鼻歌をうたいながら上ってゆく。
目引き、袖引きの英子。文子。新婚サン。
文子「奥さん、実家へでも帰ったのかねえ」
英子「そういやあ、ずっと見ないわねえ」

黙々と掃除をする、よね。

◆時沢の部屋

ラーメンをすすりながら、集太郎、電卓を叩いては、グラフを書き込んでいる。

ラーメンのつゆをこぼし、舌打ちする。衿に巻いたタオルで拭く。

流しには汚れた茶碗の山。

居汚なく散らかった室内、万年床。

集太郎、散らかした新聞や週刊誌の下から、地図をひっぱり出す。谷川岳あたりを見ている。

◆スナック「パズル」(深夜)

客は誰もいない。

カウンターでひとりルービック・キューブを廻す峰子。

手は動いているが、目は死んでいる。

集太郎が入ってくる。

カウンターに坐る集太郎。少し酒が入っている。

集太郎「隣りの時沢です」

廻っていたルービック・キューブの音がとまる。

峰子「――（無表情に会釈）」
集太郎「水割り、ください」
　峰子、黙って水割りをつくる。
　氷のカチカチと鳴る音。
　黙って前へ置く。またまたルービック・キューブを廻す。
集太郎「カミさん、なんか言ってなかったですか」
峰子「――――」
集太郎「――この間からちょっと『出てる』んですがね――『谷川岳にゆく』って書いてあるだけで（言いかける）」
峰子「谷川岳？」
　峰子の手がとまり、はげしい反応をみせる。
集太郎「――なにか――」
峰子「――谷川岳――」
集太郎「今まで山登りのヤの字も言ったことのない人間が、なんで急に谷川岳なのか、さっぱり見当つかないんで、なんか聞いてたら――」
　集太郎も、なにかおかしいとカンづいてはいる。
　峰子の反応を探り探り聞いている。
集太郎「誰と行ったのか――ありゃ、素人がひとりで登れる山じゃないでしょう」

峰子「――谷川岳――ねえ」
集太郎「今まで、いっぺんも谷川なんて名前（言いかけて）そうだ、そういやあ、上野から谷川までの停車駅、言えるかっていったことあったなあ」
　峰子、突然笑い出す。激しく笑う。
　集太郎、ムッとする。
集太郎「あんた、随分、失礼な人だな」
峰子「（笑いつづける）」
集太郎「ぼくが隣りの部屋の人間だって判ったら――この間はすみませんでした――ひとことあってもいいんじゃないかな」
峰子「――」
集太郎「カミさん、飛び込んで、手、けがして――そのこと恩に着せるつもりはないけどさ、いわば被害者でしょ。ひとことのあいさつもない――人が物聞いても、返事もしないで笑い出す――どういうんだい、そりゃ」
　峰子、ウイスキーをつぎ、ストレートでのむ。
峰子「おかしいから――あんまりおかしいから笑ったのよ」
集太郎「――」
峰子「奥さん、被害者だっていったけど、あたしに言わせりゃ反対だわね。被害者はあたし、お宅の奥さん、加害者よ」

集太郎「?」
峰子「奥さん、今頃、谷川岳のぼってるわ。谷川岳ったって山じゃないの」
集太郎「――?」
峰子「オトコ」
集太郎「(ポカンとする)――」
峰子「あたしの――惚れてた男」
集太郎「そんな、――バカな。サチ子、そんな気の利いたこと出来る奴じゃないよ。融通利かないし――」
言いかけて、峰子の視線に気づく。
集太郎「色気よか内職、貯金て女だから――そんな――」
だんだん語尾が弱くなる。
集太郎「その男、谷川っていうんですか」
峰子、ぐっと酒をあおる。
峰子「名前じゃないのよ。うちの部屋へ来て、あたしを抱きながら、『上野。尾久。赤羽。浦和。大宮。宮原』」
峰子、高まってくる。目を閉じる。
集太郎「――」
峰子「上尾。桶川。北本。鴻巣」

峰子、大きく溜息。ぐっとあおって、

峰子「あんたの奥さん、あれ聞いたのよ。昼間から男引っぱり込んでるこっちもいい眺めだけど、アパートの壁に耳おっつけて、盗み聞きしてるお宅の奥さんも、ハハ、ハハ、負けずおとらずのいい格好じゃないの」

集太郎「――」

峰子「しかもねえ、お宅の奥さん、男からカ――」

激してつい金、といいかける峰子。あやうく踏みとどまる。

集太郎「男から、カ――」

峰子「（絶句する）」

集太郎「カって――なんですか」

峰子「カ、カ、――隔離されてたでしょ」

集太郎「カクリ――あ、はなれるのカクリ――」

峰子「そうカクリ。（小さく）ああ、ドキッとした。尻取りはむつかしいや」

集太郎「え？」

峰子「ううん。なんでもないのよ。とにかくね、カクリされてるからね、カーとのぼせたんじゃないの」

集太郎、それだけでない、なにかを感じる。

峰子を見る。

峰子、強い視線で見返す。

集太郎「(何か言いかける)」

ドアがあいて、酔った一人の客(男)が入りかける。

峰子「すみません。看板なんですけど」

客「カンバン? 看板、出てて、カンバンてこたァないだろ」

峰子「でも、カンバンなの」

客「一パイね、一パイだけ」

峰子「すみません――カンバンですから」

客「一パイ――」

突然、集太郎がどなる。

集太郎「しつこいな、アンタも。カンバンたらカンバンなんだ!」

酔客、びっくりして、出てゆく。

グラスを持つ集太郎の手が、ブルブル震えている。

ぐっとのむ。はげしく震える手。

峰子、カラになった震えるグラスにウイスキーを、ドクドクつぐ。

自分のグラスにもつぎ、のむ。

間。

峰子「結婚して――」

集太郎「七年」
峰子「水商売ってのは、七年やりゃ一人前になれるもんだけど、夫とか妻ってのは七年
　じゃあ、ダメなのねえ」

◆アパート・階段（深夜）

　酔ってもつれ合って帰ってくる峰子と集太郎。
　集太郎、自分の部屋のカギをあけようとする。
　峰子、鍵穴に自分の手をあててふさいでしまう。
　目が誘っている。
　自分の部屋の鍵をあけ、ドアを開いたままにして待つ。
　集太郎、ドアの中へ入ってゆく。
　物かげから、じっと見上げている管理人のよね。

◆峰子の部屋（深夜）

　集太郎にグラスの水をもってゆく峰子。
　「はい」と声にならない声をかけ、集太郎に手渡す。
　集太郎も「お」、言葉にならない言葉で受けて、飲む。
　峰子、空いたグラスを受取る。

　集太郎の上衣を脱がせ、ネクタイをほどいて取る。
　何年も連れそった女房のように、何も言わない。
　集太郎も黙っている。
　峰子、ワイシャツのボタンをゆっくりとはずしてゆく。
　集太郎、部屋を見廻す。
集太郎「おんなじ間取りだね」
峰子「そうよ。おんなじ間取りよ」
　ワイシャツを脱がせ、集太郎の手を、自分のからだに廻させる。
峰子「女も、おんなじ間取りよ」
集太郎「？」
峰子「目があって、くちびるがあって――」
　さそってゆく峰子。
峰子「胸があって――お尻があって」
　集太郎、峰子をベッドに倒す。
峰子「どう？　おんなじでしょ」
　集太郎、答えない。
　答の代りに、峰子を抱きしめてゆく。
峰子「（喘ぎながら、呟く）いつも――いつも、聞えるのよ、こういうとき」

集太郎「――」
峰子「ミシンの音。壁の向うから、カタカタカタカタカタカタカタ――あれが聞えると、あたし、安心だったわ。声が聞えないから。でもねえ、だんだん口惜しくなったの。『あたしは、女房なのよ。世間に認められてるのよ、ちゃんと籍入ってるのよ』カタカタカタカタ。そう言ってるみたいに聞えるのよ。『あんたは何よ』『女としてはモグリじゃないの』何人、男、取り替えたって、サイの河原の石積み。積み上げれば積み上げるほど崩れて――なんにも残らないのよ。ミシン踏んで、内職のブラウス縫ってるほうは、ちゃんと家庭ってもンが残ってくのよ」
集太郎「仇討ちか」
峰子「そうよ、仇討ち――」
激しくからみ合う二人。
急に、集太郎が耳をすます。
峰子「――?」
集太郎「(呟く) ミシンかけてるんじゃないかな――」
峰子「――空耳。なにも聞えないわよ」
集太郎、抱きかける。また、聞えるような気がする。
自分の部屋の気配を気にする。壁のところへゆき、聞き耳を立てる。
峰子「帰ってないわよ。帰ってりゃあかりがついてるわ」

集太郎、足許の上衣を拾う。
上衣に袖を通す。
峰子「勇気がないのね」
集太郎「――」
峰子「そうじゃないのかな。帰るほうが、帰るほうが勇気がいるのかな」
集太郎「――（苦しくうなずく）そう、思いたいね」
集太郎、ネクタイをしめ直しながら、
集太郎「（自嘲する）これが――『結婚』ですよ」
峰子「不自由なもんねえ」
集太郎「――」
峰子「でも、ちょっとステキねえ。口惜しいけど」
峰子の目に光るものがある。
ドアをあけてやる。
集太郎。
峰子「おやすみなさい！」
集太郎「おやすみ」
物かげから、よねがのぞいて忍び笑いをもらす。
よねを引っぱっている夫の浩司。

◆アパート・表

何の祝日か、日の丸の旗が出ている。

シンとした路地をトランクをさげたサチ子が帰ってくる。アパートの階段の下で立ちどまる。

大きく深呼吸して、胸を張り、階段をのぼってゆく。

のぼってゆく、たくましい腰、尻。

サチ子（声）「のぼり馴れたアパートの階段です。でもいつもより段が高く、けわしく思えました。でも、これをのぼらなくては、私は帰れないのです」

◆時沢の部屋

万年床の枕もとに罐ビール。
散らかし放題で寝ている集太郎。
立っているサチ子に気づく。
サチ子「ただいま」
集太郎「――」
サチ子「（大きな声で必死に明るく言う）ただいま！」
集太郎「――おかえり」

サチ子「――」
集太郎「谷川は、どうだった」
サチ子「――あ、あたしねえ、本当は谷川岳なんか（言いかける）」
集太郎「よせ！」
サチ子「――」
集太郎「（少しやわらかく）よせよ」
サチ子「――」
集太郎「実は、オレも――麓まで行ったんだ」
サチ子「フモト――」
集太郎「登るより戻るほうが勇気がいるって言われたよ」
サチ子「だれに――」
集太郎「そのはなしは、七十か八十になったら、しようじゃないか」
サチ子「――うん。うん」
　サチ子、言葉をさがして、
サチ子「あたし、これから、うんとしっかりやる」
集太郎「しっかり、やってくれよ」
　集太郎、サチ子のたくましい尻をひとつバーンとはたく。
　サチ子、くるりとうしろを向き、両手で顔をおおってすすり泣く。

集太郎「どっち見て泣いてンだ」
　サチ子、くるりと向きをかえ、集太郎に飛びついて激しく泣く。

◆峰子の部屋

　ダブルベッドのなかで、目をあける峰子。

　隣りの部屋からサチ子の泣き声が聞えてくる。

　聞いている峰子。

◆道

　オルゴールをならしながら、ゴミの車がゆく。

　あとからゴミの袋をぶらさげ追いかけるサチ子。

サチ子「お願いします！　待ってエ！」

　サンダルを片方飛ばし、全力で走るが間に合わない。

　車は行ってしまう。

　ガックリして片足で飛びながらもどる。

　サンダルをはきかけるが、何か踏んだらしく、片足でケンケンしてアパートの門柱に寄りかかり、足の裏を調べようとする。

　別の手が添えられる。峰子である。

　サチ子、こわばって、とっさに声も出ない。
峰子「大丈夫。なんともなってないわよ」
　峰子、いたずらっぽく笑いかけ、丁寧な手つきで、さするように足の裏のゴミをはたく。
サチ子「――――」

◆市場（夕方）
　買物で、ごったがえす、主婦たちの中にサチ子がいる。

◆魚屋（夕方）
　一皿だけ残ったタイのあらの皿盛りをひっぱるサチ子。

　やはり手を伸した主婦と、ひっぱり合いになる。

主婦「ちょっとオ、それ、あたしが」

サチ子「あら、あたしでしょ（どなる）すみません！　これ、包んでエ！（主婦に）ごめんなさい」

　イキイキと買物するサチ子。

◆時沢の部屋

内職のミシンをかけているサチ子。
廊下で人声がする。
ドアを開けるサチ子。
廊下で管理人のよねや文子、英子、新婚サンが固まっている。
峰子の部屋のドアが大きくあいている。
中はなにもない。
入口に古新聞とビールやジュースの空瓶。
サチ子「あら、お隣りさん、引っ越したの？」
よね「引っ越してよか、夜逃げだわねえ」
サチ子「――」
文子「先月分の家賃、払ってないんだって」
サチ子「あ、そういえば、うちも――」
英子「どしたの」
サチ子「ガス代とクリーニング代、立替えたの、もらってなかったんだ――」

◆街

池袋あたり。
内職のブラウスの大包みを抱えたサチ子がバスに乗っている。

信号でとまる。すぐ目の下にオートバイにのった男の腰にしがみついて笑っている峰子をみつける。

サチ子「あ、——」

声をかけたいサチ子。

サチ子（声）「ひどくなつかしい人に逢ったような気がしました。声をかけたい、何か言いたい。でも、二つの車は、どんどん離れて、遠くなってゆきました」

しかし、信号は青にかわり、オートバイは先に走ってゆく。

見る見る離れる二つの車。

きんぎょの夢

NET ナショナルゴールデン劇場
1971年5月20日
22時00分～22時56分放送

◆おもなスタッフ
プロデューサー―若杉芳光
演出―大村哲夫

◆おもなキャスト
柿沢砂子(おでん「次郎」の女主人)
―若尾文子
殿村良介(「次郎」の常連客・週刊誌の編集部員)
―池部良
殿村みつ子(良介の妻)―杉村春子
折口誠(「次郎」の常連客)―井川比佐志
ポンちゃん(「次郎」の手伝い)―高山ナツキ

金魚の昼寝

鹿島鳴秋

赤いべべ着た
可愛い金魚
お眼々をさませば
ご馳走するぞ

赤い金魚は
あぶくを一つ
昼寝うとうと
夢からさめた

（大正8年）

◆砂子のアパート・茶の間

見映えのしない初老の僧が、読経を終えて、帰るところ。
長女の砂子、次女和子、三女信子が送っている。
砂子「このへんのおすしですからおいしくもありませんけど――ひと口――」
僧「(手を振って) もう一軒廻るとこがありますんで」
砂子「そうですか。では、これを――（お布施）」
僧「どうも」
砂子「ありがとうございました。ごめん下さいませ」
三人、恭々しく一礼。
僧、ドアを出てゆく。
三姉妹、とたんにダレて、ため息などつきながら、仏壇の前へ。
和子「あたしの言った通りじゃない。坊さんなんて、どこ行ったっておすし出されるんだから、ハシなんかつけやしないわよ。三人前で沢山だっていったのに」
信子「お姉ちゃんてさ、ふだんはケチのくせに、こういうときっていうと張り切るんだから」
砂子「親の命日に、おすし一人ケチったって始まらないでしょ」
仏壇の位牌。

初老の男の黒枠の小さな写真。
前に新聞が供えてある。

砂子「信ちゃん、お茶いれかえてよ。そうだわ、和ちゃん、アンタこれ、もって帰りなさいよ」
和子「さ、さ、色の変らないうちに、早くたべよう」
和子「おすし」
砂子「恭一さん、好きなんでしょ?」
和子「——六時や七時に帰ってくるなら苦労しないわよ」
砂子「そんなにおそいの」
和子「ここんとこ毎晩。日曜だって出かけてくのよ」
信子「浮気?」
和子「バカね、これよォ(マージャン)」
信子「なんだマージャン」
三人、たべながら、
和子「そういうけどねえ、待ってる身になってみなさいよ!」
信子「そんなに面白いのかな、マージャンて」
和子「一生やっても、同じ手は二度つかないんだ、なんていうんだけど——大の男が四人かかって、目、血走らせてやるほどのものじゃないと思うけどねえ」

信子「(ケロリと) ほかに娯楽もないからな」
砂子・和子「え?」
信子「子供でも生めば?」
和子「カンタンにいわないでよ、生んだわ、亭主に見込みがないわじゃどうすんのよ。コブつきじゃパートタイマーにもゆけないじゃない」
砂子「冗談じゃないわよ。二年やそこらで離婚されたんじゃ、こっちがかなわないわよ」
和子「信ちゃんも考えたほうがいいわよ。短大なんか出たって、何の役にも立たないんだから。そんな暇あったらお姉ちゃんのお店でも手伝って、男性の研究でもしてから、結婚したほうが」
砂子「それだけはおことわり。『いらっしゃいませ』はあたし一人で沢山よ」
信子「やっぱり、よくないかな?　水商売って」
砂子「しないですめば、それに越したことはないわね」
和子「結婚するとき、やっぱりハンディかもしれないわね」
信子「――でもお姉ちゃんは大丈夫なんじゃない?　こうやってたって水商売の人って感じ全然ないもん」
砂子「(ほっとしながら) 当り前よ、和ちゃんの年にはまだOLだったんだもの」
和子「でもさ、やっぱり……普通の『ひと』って感じじゃないな」

砂子「え？」
和子「手つきが違うんだなあ、あたしたちと」
砂子「どうちがうのよ」
　三姉妹、ハシを止めて、探り合う。
和子「小指」
砂子「小指？」
和子「ピンと立ててるでしょ。素人はアンマリやらないもンね」
砂子「（ギクリとして、引っこめながら）いつも、こうじゃないわよ、何かのハズミよ。
　あんたたちだって自分じゃ気がつかないでやってるのよ」
　ムキになる砂子の見幕に、和子、信子、口をつぐんで食べつづける。
　砂子、小指を気にしながら、調子をかえて――
砂子「そうだわ、信ちゃん、紫のフロシキ出して頂戴よ」
信子「紫のフロシキ？」
砂子「今晩、位牌と写真、借りてくわよ」
和子「どこへもってくの？」
砂子「（ニッコリして）お店……」

◆横丁（夜）

細い飲み屋横丁の小路。
おでん屋「次郎」の看板。

◆「次郎」の店（夜）

満員の客。
カウンターの砂子と、手伝いの女の子、ポンちゃん（あくびなどしている）。
砂子の正面に酔客の田中と井上、一つ空席をはさんで、隅にポツンとすわって、おでんをつつく折口誠。
金魚鉢を前に金魚にエサをやったりしている折口。
酔客の相手をする砂子はいっぱしのプロである。
田中「へえ、ママ近眼なの」
砂子「ちょっと乱視が入ってんですよ」
井上「それで色っぽいんだ」
砂子「あら、――そうかしら？」
井上「そうか、道理で」
砂子「そういえば――田中さん、めがね――お変えになったかしら？」
田中「また度が進んじゃってね」
井上「年だねえ、まず歯にくる、それから目だね」

砂子「（うなずく）ですってね」
井上「（調子づいてニヤニヤしながら）それから——ハ、メ——」
砂子「（トボけて）ポンちゃん、たばこきれてたんじゃないかしら？」
井上「へへ、ママ判ってるじゃないの」
砂子「（笑っている）」
井上「ポンちゃん、判る？　判る？」
ポンちゃん「（あくび）」
田中「判んないよねえ」
井上「あのねえ、ポンちゃん」
砂子「あんまりヘンなことを教えないで下さいよ。おヨメにゆけなくなっちゃうわ。ねえポンちゃん（目顔で買いものにゆけとすすめている）」
田中、井上、尚もしつこく——
田中「だけどさ、本当。年だねえ。オレなんかもう、盆暮（ぼんくれ）だもんなあ」
井上「そりゃまた早いねえ、オレは、まあ、週刊誌といいたいけど月刊誌——」
井上「なんていっちゃうと、ママ、口説いてもダメだね、こりゃ——」
ポンちゃん、肩をすくめている。
砂子、とぼけて笑っている。
折口、ムッとして、

折口「お勘定して下さい！」
砂子「あら、もうお帰りですか」
折口「………」
砂子「八百五十円、いただきます。あ、そうだわ、金魚のエサ、おいくらかしら？」
折口「こりゃ、いいんです」
砂子「でも、毎度ですから」
折口「いや、いいんです」
砂子「そうですか、じゃあ――お借りしときます。いつもすみません」
　折口、金を払う。
砂子「ありがとうございました。またどうぞ」
　出て行く折口。
ポンちゃん「あ、忘れもんよ！　金魚屋さん」
　週刊誌をわたすポンちゃん。
折口「どうも」
　折口、出てゆく。
田中「へえ、この頃の金魚屋は背広着てんの」
井上「金魚のセールスマンじゃないの」
砂子「そうじゃないんですよ。普通のサラリーマンじゃないかしら？

金魚の世話して下さるもンだから――アタシたち、金魚屋さんなんて……」
田中・井上「フーン」
砂子「(ポンちゃんに) ねえ、今の人、名前何てったかしら」
ポンちゃん「さあ――」
砂子、折口のおいてった金魚のエサの箱をしまう。

◆横丁(夜)

週刊誌をコートのポケットに突っこんで歩き出す折口。
新聞社の上っぱりを着た堀川と戸塚とスレ違う。

◆次郎の店(夜)

田中と井上、すでに出来上って、くどくどやりながらのんでいる。
カウンターにならぶ堀川と戸塚。
改まって、それぞれ「御仏前」の包みを出して、砂子の前に。
堀川「実はゆうべ、うちへ帰ってから気がついたもんだから」
堀川「少ないけど、花でも」
砂子「――持ってきてよかった……」
砂子、紫のフロシキから位牌と写真を出す。

別人のように素人っぽい砂子である。

堀川「あ、こりゃ……」

砂子「七年もたってますしねえ、忙しい仕事してらっしゃるかたばっかりだから——とも思ったんですけど、第一、覚えてて下さるかたがあったら——なんて思って」

戸塚「じゃ、ここでおまいりさせてもらおうか」

堀川、戸塚、合掌。

砂子、頭を下げる。

砂子「七年もたてば、親の命日だって、うっかりするっていうのに——」

戸塚「いやあ、ありゃ忘れようたって、カンタンに忘れられないやねえ」

堀川「机ならべてゲラみてたのが、いきなりバタンときたんだからねえ」

砂子「本当に、あの時は何から何まで」

戸塚、ポケットから、朝刊のゲラ刷りの控えを出して位牌の前へ供える。

戸塚「お供物の代りに、ゲラでもよんでもらおか」

砂子「この匂いがたまンないってよくいってたわ……」

堀川「そうだ……あの日のトップは『××××』だったっけなあ」

戸塚「砂ちゃん」

砂子「とってあるんですよ。あの日の新聞……」

堀川「新聞屋の娘だねエ」

戸塚「しかし、よくガンばったなあ、砂ちゃん」
砂子「皆さんのおかげで——どうにか」
戸塚「おやじさん、鼻高くしてんじゃないの、え！　次郎って名前がよかったんだって、
　オレの名前つけたから繁昌したんだって」
堀川「そりゃ違うな」
戸塚「え？」
　客、入ってくる。
砂子「いらっしゃいませ」
堀川「これですよ。これ、友達の娘にナンだけど、砂ちゃんの色気ですよ」
砂子「ありませんよ、そんなもの」
堀川「いや、あるねえ」
戸塚「ある」
砂子「いやだわ。お父さん、生きてたら怒られちゃう」
　砂子、写真をヒョイと裏返す。戸塚、その写真をまたひっくり返して、
戸塚「ヤボいうなって。おかげではやってんだから、よく見とけって——」
堀川「そりゃ違うな」
戸塚「え？」
堀川「砂ちゃんが、本当に見せたいのは——。そんなね、よっぱらいの有象無象じゃな

いの」

戸塚「え？　ああ、ああ、そうか、そうか、そうか」

堀川「ねえ、砂ちゃん、そうだろ」

砂子「あら、堀川さんも戸塚さんも、何のオハナシですか」

戸塚「まああ。ああ、うまいわけだ。ただ一人の人のために煮るおでんの味……」

堀川「そうか。こっちはお相伴だったのか」

砂子「あら、そんな」

のれんを割って入ってくる殿村良介。

堀川「ホラホラ、噂をすれば何とやらだ」

砂子「いらっしゃいませ」

戸塚「(小さく) やっぱりなあ、殿村さんだと言い方が違うねえ」

砂子「――同じですよ」

戸塚「いや、違うねえ」

堀川「違う」

良介、目顔で二人にあいさつしながら、無言でカウンターにすわって夕刊をひろげる。

毎晩、同じ時刻にきて、同じものを食べてゆく習慣が身についている。

砂子も無言でカンをつけ、おでんをよそう。

良介、ポケットをさぐる。

砂子、だまって、引出しからたばこを出し、封を切ってわたす。

良介、くわえる。

砂子、ごく自然にマッチをする。

戸塚、堀川、ため息。

砂子「(気づいて) そちら、おつけしましょうか」

戸塚「いや、もう」

二人、立ち上る。

砂子「そうですか」

戸塚「思いがけなくおまいりもさせてもらったし――」

良介、チラリと目をあける。

砂子「ありがとうございました」

堀川「――お先に」

良介「(二人に) もう、アがりですか」

堀川「いや、もう一息」

戸塚「そっちはどうすか」

良介「二つばかり入稿がおくれそうでねえ」

戸塚「週刊誌はラクができないねえ」

堀川「おさきに」
戸塚「ごゆっくり」
　二人、出てゆく。
　砂子、あらためて良介に酌をする。
良介「(写真と位牌に) 今日は——お父さんの」
砂子「七回忌なんです」
良介「なぜ言わない」
砂子「ご心配かけるといけないと思って」
良介「なんでも一人でやるのは、いけないクセだね」
砂子「でも……」
良介「——身のまわりが片づいていないから——法事の席にならぶわけにはいかないにしても——」
砂子「お気持だけで……」
良介「(目礼しながら) ——亡くなったとき、ぼくは、大阪支局だったから——お目にかかるのは、はじめてだなあ」
砂子「(オドケて) ふつつかな父ですけど——よろしくおねがいします」
良介「殿村です。はじめまして」
　良介、位牌に盃をあげる。

二人、顔を見合わせて少し笑う。

ならんではじいている堀川と戸塚。

堀川「すすんでんのかねえ、あっちのハナシ」

戸塚「さあ、どの程度まで行ってるかしらないけど——こんどは殿村さんも別れるんじゃないの」

堀川「別れなきゃあの人は芽が出ないよ。奥さんで、ずいぶん損してるからな」

戸塚「相手が砂ちゃんでなくても、オレは別れろっていいたいね。それほど親しくはないけどさ」

堀川「しかし、フンだくられるね」

戸塚「退職金前借りしても、金でカタがつくんなら——」

堀川「だけどさ、年上だろ」

戸塚「五つだったかな」

二人の肩をたたくポンちゃん。

たばこをかかえている。

堀川「なんだよ、ポンちゃん」

ポンちゃん「たばこ買いにきたのよ」

◆パチンコ屋（夜）

戸塚「高いたばこについてんじゃないの」
堀川「あそんでないで早く店へかえンないと――」
戸塚「気がきかないねえ」
堀川「え？」
　戸塚、自分のタマを一つかみ、ポンちゃんに差し出す。
戸塚「ゆっくりかえったほうがいいときもあるの」
堀川「あ、そうか」
　堀川、自分もタマをしゃくって、ポンちゃんに。
　ポンちゃん、となりの台ではじきながら、
ポンちゃん「来てるんでしょ？　殿村さん、ちゃんと判ってたんだ」
戸塚「ポンちゃん、気を利かさなくちゃダメだよ」
ポンちゃん「気、きかしてるじゃない」
戸塚「今晩、締切りだろ」
ポンちゃん「そうか、木曜か」
戸塚「夜中にさ、殿村さんのデスクに夜食とどけにゆくだろ」
ポンちゃん「おでんと茶めしにおしんこ」
戸塚「アタシ、もってく、なんていうんじゃないよ」
ポンちゃん「そのくらい、言われなくたって――」

◆新聞社・廊下（深夜）

岡持をさげて歩いてゆく砂子。
企画室、会議室などのプレート。
あわただしく追い越してゆく、皮ジャンパーのお使いさん。
あくびをしながら帰ってゆく社員など——。
砂子「週刊××編集部」のドアを押して入ってゆく。

◆「編集部」（深夜）

ガランとしたデスク。
二、三人の社員がレイアウトしている。
デスクの江島、足を机にのせてダレている。
うしろに立つ砂子。
江島「おそいよ！　どうして途中で電話かけないの」
ふり向いて、
江島「なんだ、『次郎』の定期便か」
砂子「——すみません」
江島「第二会議室でネガ見てるから——」

砂子「いいんですか」
江島「ママにかくすほどの特ダネがありゃ、もちっと部数がのびるってさ」
　砂子、笑いながら——

◆第二会議室（深夜）

　ネガを選んでいる良介。
　砂子、そばのテーブルに夜食をならべ終って、ネガをのぞきこむ。
砂子「みんな同じに見えるわ」
良介「よくみると、少しずつちがってる」
砂子「引き伸ばしてみないと、判らないわ」
良介「——人間と同じだな。深くつきあわないと、アラが見えない」
砂子「……こわいわ。アタシもこのへんでやめとこうかしら？」
良介「——締切りの定期便はたしか——」
砂子「三島事件のときからだから——」
良介「半年か」
砂子「夏になったらどうしようかしら？　汗かいておでんてわけにもいかないでしょう」
良介「クーラーがききすぎてるから、ちょうどいいさ」

良介、ネガを手操っている砂子の手をとる。

一本一本指先を愛撫しながら、

良介「何にも塗ってないんだね。指輪もしてない」

砂子「おにぎりにぎるでしょ？　赤くしてると、何だか、まずそうで――」

良介「（うしろから抱きすくめる形で）香水も、つけてない」

砂子「食べもの商売って、そういうとこが――だから、土曜の夜は、うんとオーデコロンつけてねるんですよ」

良介「――やめれば、毎晩だって、つけられる」

抱きすくめようとする良介の手を、はずそうとする砂子。

砂子「おでんが、さめるわ」

良介「――こんどの土曜日」

砂子「――」

良介「店、終ってからでいいんだ。あけられないかな」

砂子「――」

良介「サクラには半端だけど、伊豆へ魚でも食いにゆかないかな。ゆっくりはなしたいこともあるし」

砂子「オハナシなら、東京で、おひるでもいただきながら」

良介「――」

砂子「殿村さん、アタシ、そういうのいやなんです」
良介「浮気じゃないんだ、そのことは、君だって」
砂子「だから、いやなんです」
　砂子、ネガの帯をとってみつめながら、どんどん下へ流してゆく。
砂子「カウンターの前に七年、すわってました。その間に――男の人は――二人」
良介「――」
砂子「二人とも、結婚できる相手ではなかったわ。でも、あたし――」
良介「何もないほうがおかしいよ」
砂子「でも、今度は、殿村さんはちがうんです」
良介「わかった。ちゃんとけりつけて、さそいなおす」
砂子「――待ってて、いいんでしょうか」
良介「（うなずく）」

◆宝石屋・ショーウィンドー（深夜）
　中古品の安直な指輪が光っている。
　岡持を下げた砂子がみている。
　ガラガラとシャッターがおりる。
　ゆっくり歩き出す砂子。

その、しあわせそうな顔――。

パチンコ屋から「蛍の光」が流れている。

◆「次郎」の店(深夜)

居ねむりしているポンちゃん、目をさます。

カウンターにすわっている中年の女、殿村みつ子。

ポンちゃん「いらっしゃいませ」

みつ子「アンタ一人なの?」

ポンちゃん「ああ、ママですか? もう帰ってくるんじゃないかな」

みつ子「じゃ、待たせていただくわ」

ゆっくりとたばこをくわえる。

赤く塗った爪。

◆深夜の街

歩く砂子。

◆「次郎」の店(深夜)

たばこをくゆらすみつ子。

◆「次郎」の店（深夜）

岡持を下げて帰ってくる砂子。

カウンターのみつ子、ポンちゃん。

砂子「ただいま」

ポンちゃん「お帰ンなさい」

砂子「いらっしゃいませ」

みつ子「まあまあ、こんなにおそく出前なさるの？」

砂子「はあ――」

ポンちゃん「毎週木曜って週刊××が締切りなんすよね」

みつ子「――ああ、そう、それで、わざわざ……それは、まあ、ありがとうございます」

砂子「――」

みつ子「主人がいつもお世話になりまして」

砂子「あの……」

みつ子「今晩もお夜食ご厄介になったんでしょ？……フフ殿村よ……」

砂子「殿村さんの奥さん……」

みつ子「何もアンタそんなにびっくりすることないじゃないの。あ、そうか、あんまりオバアちゃんなんで——五つしかちがわないのよ、アタシが上だけど。子供がないせいかしらねえ、うちの殿村って若く見えるでしょ？　ズルイったらありゃしない」
砂子「——」
みつ子「ああ、ちょっと——ピン」
　みつ子、砂子のおくれ毛をかきあげて、はずれかかっているピンをとめてやる。
　砂子、何となく衣紋(えもん)を取りつくろう、多少うしろめたい。
砂子「どうも——すみません」
みつ子「あ、あたしにおとうふとすじと大根。いつも主人——この三つなんでしょう」
砂子「はあ、いつも——ごひいきにあずかりまして」
みつ子「いいえ、御礼言いたいのはあたしのほうよ」
砂子「？」
みつ子「だって——晩のごはんの心配しなくてすむんですもの、前は、夜、何時に帰ってきても、『メシ』。お茶漬たべないとねない人だったのが——こっちへ伺うようになってからは『フロ』『ネル』これだけでいいんですもの。女房としちゃ、こんなラクチンなことはないわよ。本当、大助かり、あら、おいしそうだ」
砂子「——素人の見よう見まねですから——お口にあうかどうか」
みつ子「おいしい。ね、これおだしは何なの、教えて頂戴よ」
砂子「別に……お教えするほどのものは何にも」

みつ子「いいじゃないの。あたしがつくったってプロにはかないっこないんだから」
砂子「――こんぶとかつおぶしと――あとはお酒を少しフン発するぐらいで――」
みつ子「フーンじゃうちのと同じだわねえ、どこがちがうのかしら？」
砂子「あの――おつけいたしましょうか」
みつ子「やめとくわ。主人が働いてるのに、女房が赤い顔もしてられないでしょ？」
砂子「――じゃあ、いま、お番茶を」
みつ子「――本当に、いたんですか、デスクに」
砂子「はあ？」
みつ子「――そうか、今、逢ってらしたんですもンねえ」
砂子「はあ、あのおとどけに」
みつ子「フーン、じゃ、今晩は本当か……いえ、あたしは、半分は、本気にしてないのよ。いくら、週刊誌が忙しいったってこんな、ねえ、そんなに毎晩、打ち合わせしなくちゃ本が出せないなんて、アンタの編集部はバカが集ってんじゃないの、そいってるのよ。半分は、浮気の打ち合わせでもしているんでしょって――」
砂子「でも――皆さん本当にお忙しそうですわ」
みつ子「忙しがってうれしがってんのよ」
　みつ子、バッグからガマ口を出す。
みつ子「ねえ、十円でいいのかしら」

砂子「はあ?」
みつ子「ちょっと、アンタ、電話してちょうだいよ」
砂子「あの……」
みつ子「アタシだとうちの良介、出ないのよ、『用もないのに電話するな』って――」
　みつ子、十円玉をカウンターにおいてダイヤルを廻しながら、
みつ子「直通は――二一一八だったわねえ」
砂子「ええと――」
みつ子「あら、こっちからかけることだってあるんでしょ? あ、出た!」
　みつ子、送話口をふさいで受話器を砂子に押しつける。
みつ子「(小声)アンタ、出てちょうだいよ」
砂子「あの――」
みつ子「あたしがいるっていっちゃダメよ、アンタからって――」
男の声「モシモシ週刊××」
砂子「(進退きわまって)恐れ入りますが殿村さんを――『次郎』でございますが」
　みつ子、笑いながら受話器に耳をあてている。
砂子「――奥さん、お出になりますから――」
　みつ子、うけとらない。
　砂子にあなたしゃべれとサイン。

砂子「奥さん……」

殿村（声）「どうしたの、珍しいな。砂ちゃんが電話かけてくるなんて――そうか、さっきのハナシ――気が変ったんだな、モシモシ、モシモシ砂子さんじゃないの？」

　受話器をひったくるみつ子。

みつ子「へえ、こちら、スナコさんておっしゃるの、しゃれた名前ねえ」

　当惑の砂子。

◆「編集部」デスク

　ガク然とする良介。
良介「なんだ、お前か」
みつ子（声）「フフ、アタシですみませんでしたわねえ」
良介「どこからかけてるんだ」
みつ子（声）「砂子さんのお店よ。どうせ帰りはあけ方でしょ。ちょうどいい機会だと思ってねえ、お世話になってるごあいさつによったのよ」
良介「用がなけりゃ、切るよ」

◆「次郎」の店

　笑いながら、電話しているみつ子、そばに砂子。

タクアンを切りながら、ハラハラしているポンちゃん。

みつ子「何もそんな――おこることないでしょ、おかしな人ねえ、それからさっきのハナシって、何なの？　あ、モシモシ」

電話ガシャンと切れる。

みつ子「具合の悪いハナシになるといつもこうなんだから――ズルいわねえ」

みつ子もガシャンと切って、

みつ子「――ねえ、一体、何のハナシ？　なんて聞いちゃいけなかったかしら？　そっちのほうは、おでんのダシとちがって、ヒミツかな？」

砂子「いいえ、大したハナシじゃないんです。デスクで――ネガをみせていただいたもんですから――ネガのハナシを」

みつ子「ネガのハナシねえ、あ、又、電話代、十円でいいのかしら」

砂子「そんな、けっこうですから」

みつ子「あら、とっといてちょうだいよ。それから、これは――」

みつ子、バッグから祝儀袋を出して、五百円札を折って包みながら、

みつ子「少ないけど――チップ」

砂子「それは――うちは一切いただかないことになってますから」

みつ子「あら、女同士でチップ出したら失礼かしら」

砂子「別に――そんなことありませんけど」

みつ子「だったら、とっておいてちょうだいよ」
砂子「でも――困ります」
みつ子「どうして？」
砂子「本当に――どうぞ」
みつ子「いやにこだわるわねえ、とってちょうだいよ」
　二人、ポチ袋を押しつけあう。
　プンとふくれてにらんでいるポンちゃん。

◆「次郎」の店・表（深夜）

　「おでん次郎」の看板の灯が消える。

◆「次郎」の店

　少しライトの落ちた店内。
　看板を抱えて入ってくるポンちゃん。
　カウンターに放心したようにすわっている砂子。
　前に、祝儀袋。
ポンちゃん「感じ悪いオンナ！」
砂子「小ビン、冷えてたかしら？」

ポンちゃん「大ビンしかなかったな」
砂子「大ビンだと、のこっちゃうわねえ——」
ポンちゃん「あたしものもうかな」
砂子「珍しいわねえ、ポンちゃん、ビールきらいじゃなかったの」
　ポンちゃん、ビールをあけて二つのグラスに満たす。
ポンちゃん「(グラスをぶっつけて)ママ、おめでとう?」
砂子「ちょっと、アンタ」
ポンちゃん「あたしさ、大きなお世話だけれどほっとしてんだ。だってさ——もしもさ、殿村さんの奥さんが、すっごく感じのいい人だったら——ママ、かえって——困るんじゃないかな」
砂子「ポンちゃん……」
ポンちゃん「いくらさ、会社の人たちが殿村さんの奥さんは悪妻だ、リコンサンセイ!っていったって、やっぱしさ、ママとしちゃ——」
砂子「(うなずく)すまないって気持だった——そうなのよ。だけど、あの奥さん見たら、あたしも——ハラ立ててるくせに、本当のとこは、少し、ほっとしてるのよ。女って浅ましいもンねえ」
　砂子、ぐっとあける。
　ポンちゃん祝儀袋を指ではじいて、

ポンちゃん「五百円か、ケチ！」
砂子「――」
ポンちゃん「――捨てちゃうか」
砂子「そうもいかないでしょ……お金ですもン」
ポンちゃん「そうだ。ゴミ用のポリバケツ、買うか」
砂子「ちょっと悪いんじゃない？」
ポンちゃん「――ううん、ママは人が善いんだから、やるときはビシッとやらなきゃ――」

◆砂子のアパート・廊下（深夜）

そうりをもって、足音を忍ばせて帰ってくる砂子。
カギをあけかけると、ドアーがスーとあく。
パジャマ姿の三女信子。
砂子「まだ起きてたの？」
信子「（声をひそめて）きてんのよ、和子姉ちゃん」

◆砂子のアパート・リビング（深夜）

ブラウスの上に砂子の袢天をひっかけた珍なスタイルの和子、思いつめた顔ですわ

　　っている。茶を入れる信子。砂子。
砂子「へえ。恭一さん、マージャンじゃなかったの」
和子「千五百円浮いた二千円沈んだっていうの、真にうけてたこっちがバカだったんだ
　　けど――まだ二年よ、結婚して。早すぎるわよ」
信子「じゃ、何年たてばいいのよ」
和子「子供はだまって、勉強してなさいよ。それもさ、会社の女（ひと）だっていうんなら、ま
　　だハナシは判るわよ。バーのホステスなのよ」
砂子「……あのねえ、和ちゃん」
和子「女房のある男だってわかってて、チョッカイ出すなんて、許せないな、アタシ。
　　水商売なら水商売らしくさ、ルールだけは守ってほしいな」
信子「ルールって何よ」
和子「あたしねえ、言ったのよ。浮気ならカンベンしたげるって、その代りお金で……
　　解決してくれって。そしたら、返事しないのよ」
砂子「………」
和子「水商売は水商売らしくしてもらいたいわよ。大体、向うはプロなんだからさ」
砂子「アンタね、水商売水商売っていうけれど、別に人種が違うわけじゃないのよ」
和子「え？　（気がついて）そのくらい、判ってるわよ」
砂子「水商売の女がみんなワルでジダラクで、普通の奥さんの方がチャンとしてるとは

限らないのよ。ちゃんとした人の奥さんだって、ひどい人もいるんだから」
和子「お姉ちゃん」
砂子「待ちなさいよ。あたしにいわせりゃ、ご主人に浮気……本気ならもちろんのことよ、ほかの女に目を向けさせるのは奥さんにも責任があると思うわね。うちのお客さまみてると、そうだもの」
和子「あのねえ」
　砂子、言わせない。
　つかれたようにしゃべり出す。
砂子「一人いるのよ、そういう奥さんが。ご主人はとっても仕事の出来る人で、本当ならもっとエリートコースにのってもいい人なのよ。それが、どして一つ出世がおくれてるかっていうと、奥さんのせいだっていうのよ。誰もうちへ行かないんだって、夜なんかおそくいったら、もう奥さんプーンとして口もきかないんだって。子供もいないのに、うちの中、しっ散らかして、手料理一つロクに作らないで、ローケツ染めかなんかに凝って」
和子「お姉ちゃん、あたし、そんなことしてないわよ」
砂子「何もアンタだとはいってないわよ。ただねえ」
和子「アタシはその人の逆だわね。キミは気がつきすぎて肩がこるって、いつも」
砂子「本人は気がついているつもりでも、ハタからみると、カン違いってこともあるもンなのよ」
和子「ヘンな人と一緒にしないでもらいたいな、アタシはねえ」
砂子「でもねえ、誰がみても感じのいい奥さんだったら、そのご主人」
和子「アタシのハナシ、ちゃんときいてよ、あのねえ」
砂子「とにかくねえ、その奥さんと別れることに、会社中の人が賛成だっていうのよ。そこまできたら、そりゃもう、ご主人も相手の女も……責められないんじゃないの」
和子「……お姉ちゃん……あのねえ」
砂子「え？　あの、あの……つまりさ、こういうことなのよ」
砂子、少し一方的に言いすぎたと気がついて、
砂子「少し落ちついて考えてみたほうがいいってことね。カッとして逆上したり、飛び出したりしないこと」
和子「だってさ、アンマリなんだもの」
砂子「一晩でもうちあけたら、帰りにくくなるもンよ」
信子「泊めてやんないの？」
和子「終電車、出ちゃったんだけどな」
砂子「タクシーで帰れば帰れるでしょ。そこまで送ってあげるから……さ」
和子「……お姉ちゃん……」
信子「……（小さくポツンと）少しどうかしてるみたい」

砂子・和子「え？」

信子「ううん、お姉ちゃんのほうが……」

信子、茶をつぐ。

砂子、のもうとして、ふと手を止め、ピンと立っている小指。

あわてて、ひっこめる。

和子、信子、目を泳がせてだまりこむ。

和子「ね、一晩だけだから、いいでしょう？」

砂子「そんなことといって、帰りづらくなってもしらないわよ」

和子「たまには気もませたほうがいいの。独身のかたにはお判りにならないでしょうけどね」

砂子「そのくらい、あたしだって」

信子「アタシだってそのくらい」

砂子「えらそうなことといってないで、和子姉ちゃんのオフトン、しきなさいよ。あ、その前にオフロの火いれといて」

信子「ハーイ」

砂子「シーツ、とりかえといてくれた？」

和子「ずい分人使いがあらいのねえ」

信子「このごろすごいんだから、威張っちゃって、新聞とって、耳かきとって……こっちはたまンないわよ」

砂子「お店へゆけば、酔っぱらいに何いわれてもハイハイペコペコしてるのよ。うちに帰ってきたときぐらい威張らせてよ」

◆砂子の部屋(夜中)

ふとんをならべてねている砂子と和子。

二人とも、天井をみてポカッと目をあけている。

和子「……気にさわったら、ごめんね」

砂子「なによ」

和子「……あたしねえ、何もお姉ちゃんのこと、別に水商売だなんて……そんなつもりで」

砂子「バカねえ、つまらないこと気にしないでよ。アタシ、自分でそう思ったこと一ぺんもないもの。いつまでたっても、素人っぽいってみんなだっていってるし……」

二人「………」

砂子「そりゃ、お店にいりゃ、いっぱしのことだっていうわよ。でもねえ、それは、そうしたほうが商売になるからなのよ。いちいち恥かしがったら、お客さんが気遣ってくたびれちまうもン。かえって、ザックバランに、図々しく振舞ったほうが、くる人は気がラクだってことをアタシ」

和子「つまりお姉ちゃんの夜の顔は生活のための……営業用ってわけだね」
砂子「……と割り切りたいと思っているけど……」
和子「………」
砂子「やっぱり長くやってるとねえ」
　砂子、フトンの上に手のひらを出してヒラヒラさせる。
　小指、立っている。
　砂子、小指をつけながら、
砂子「……先のハナシになるけど……お店、売ろうかと思ってるのよ」
和子「……本当？」
砂子「おでんは夏場が弱いし……このへんで思い切って」
和子「あと、どうするの？」
砂子「……ううん……」
和子「……結婚するんじゃないの」
砂子「まだそこまで決めてないわよ」
和子「そんな気がしてたんだ」
砂子「おそまきながら、私も、女一人前のことをしようかなと思って……、ねえ」
和子「……さっきの、ハナシの人でしょ？」
　砂子、ねむったふりで目をつぶる。

和子「……横顔って変ンないもンねえ」
砂子「……」
和子「七年前の、おつとめしてた頃と同じ。お姉ちゃん、同じ顔してる……」
　和子、スタンドを消す。

◆「次郎」の店(夜)

　周旋屋の中根が、じろじろと店内を見まわしている。
　手を動かしながら応対する砂子。
中根「まあ、居抜きでナニしたとしていいとこ××万じゃないですか」
砂子「いそいでるわけじゃないけど、出来たら夏までには」
中根「(うなずいて)それはそれとして……ちょっといい出物があるんですけどねえ。いやなあに、ここ放した分に、ほんのちょっとのっけりゃ。場所はね」
　野菜の包みを抱えて入ってくるポンちゃん。
砂子「せっかくだけど、あたしねえ、もう……やる気ないのよ」
中根「なんでまた……もったいないなあ、おたくは、堅いとこがついてるっていうじゃないの」
　入ってくる客。
砂子「いらっしゃいませ。じゃ、あとはまた」

帰っていく中根。

客「ビール、もらおうかな」

砂子「ハイ……ポンちゃん、ビール」

客、新聞をよみ出す。

砂子、ビールをつぐ。

ポンちゃん「……（小声で）お店、売るんですか」

砂子「ハッキリ決めたわけじゃないけど、……」

ポンちゃん「フーン……」

砂子「ポンちゃん、いつか、ホラ、スカウトされたっていってたでしょ？」

ポンちゃん「ああ、社交喫茶？」

砂子「……あたしに遠慮しないで、いいクチあったら……」

ポンちゃん「……アタシもオヨメにゆこうかな」

砂子「フフフ」

電話がなる。

砂子「（とって）次郎でございます」

みつ子（声）「あのねえ、おでんの出前、お願いしたいんだけど」

砂子「はあ？　あの……申しわけありませんけど、うち、出前はやってないんですよ」

みつ子（声）「そこを曲げておねがいしたいのよ。モシモシ、こちら殿村ですけど」

砂子「殿村さん……奥さん……」
　絶句する砂子。

◆良介の家・茶の間

　あたりを気にしながら、しかし、充分、芝居っ気たっぷり電話しているみつ子。
みつ子「風邪ひいてねえ、休んでいるのよ、主人が。口がまずいらしくてねえ、朝から、何つくっても、くいたくないの一点張りでしょ、困ってるのよ、何とか助けて頂戴よ」

◆「次郎」の店

　電話する砂子。

　気をもむポンちゃん。

砂子「はあ、でも、こちらもお店がありますし」

みつ子（声）「うち、四谷なのよ、タクシーでくりゃ十五分よ、ねえ……タクシー代おはらいするわよ」

砂子「そんなことはいいんですけど……でも」

みつ子（声）「お店なら、かわいい女の子がいたじゃないの、三十分やそこら、大丈夫でしょ？　おねがい、主人のカゼにはね、おたくのおでんが一番の妙薬なのよ……それとも、アレかしら！　あたしからおねがいしたんじゃ、きていただけないのかしら？」
砂子「……あの……」
みつ子（声）「場所をいうわね、タクシーで四谷三丁目までいらしてねえ、そう、角の白いたてもの……病院の横のたばこ屋で……殿村ってきけば、すぐわかるわ、じゃおねがいします」
砂子「モシモシ」
　電話切れる。
ポンちゃん「いくことないすよ。人、バカにしちゃって！」
砂子「………」
ポンちゃん「アタシ、いったげる」
砂子「ううん、アタシ、いくわ」
ポンちゃん「ママ……」

◆「次郎」の前の小路（夜）
　ノソノソきかかる折口、岡持を下げてとび出してくる砂子とぶつかりそうになる。
折口「あ！」
砂子「あら、いらっしゃいませ」

折口「出かけちゃうんですか」
砂子「ちょっと……出前。すぐもどりますから……どうぞ」
折口「新聞社ですか。重そうだな、そこまで持ちましょう」
砂子「いいんですよ、馴れてますから」
折口「でも……すこしブラブラしてくるから、どうせ……」
砂子「いいえ、そこでタクシーひろいますから」
折口「タクシーで出前にいくんですか」
砂子「どうも……すみません」
　砂子、折口の手から岡持をうばって小走りに、首をかしげて見送る折口。

◆良介の家・寝室

　フトンにねている良介。体温計を突き出すみつ子。
良介「(うるさそうに) いいよ」
みつ子「よかァないわよ。ハイ……」
良介「さっきと同じだよ、面倒くさいなあ」
　みつ子、無理に体温計をはさんで強引にこばむ良介の手首をとり、プルスを見る。
　良介、目をとじている。
　無精ひげののびた顔。

よれよれのゆかた。
みつ子「……変るもンだわねえ」
良介「………」
みつ子「二十年前は、……脈みる間中、ジッとあたしの顔みつめてたのに」
良介「………」
みつ子「(うれしそうに) あごのとこ、白いのが光ってるわ」
良介「フン」
みつ子「少しは人並みにしらがになってくれないと、あたしが割くいますからねえ、あ
あ、それからね」
良介「……少しだまっててくれよ」
みつ子「ハイハイ」
SE　ドア・チャイム
みつ子「ハーイ、どなたァ?」
砂子(声)「ごめん下さいませ。『次郎』でございます」
良介、はね起きる。

◆良介の家・茶の間

砂子とみつ子にはさまれて苦り切っている良介。

良介「たのむほうも、くるほうも、どうかしてるよ」
みつ子「あら、あなたがおこることないでしょ？　わざわざ来て下すったたっていうのに」
良介「本当にすみません」
砂子「いいえ、お見舞い兼出前ですから……」
みつ子「すぐあっためる？」
良介「あとでいいよ」
みつ子「すぐ、スネルの。いい年して……。こういう人は、どうやってあやしたらいいのかしらね。こちらは、ご商売柄で馴れてらっしゃるんでしょ？　教えて頂戴よ」
砂子「とんでもない。いつまでたっても、ダメなんですよ」
みつ子「そんなことないでしょ？　あの……あら、こちら、何てお呼びしたらいいのかしらねえ。『次郎』さんじゃ男みたいだし……奥さんではないんでしょ？」
砂子「はあ……」
みつ子「じゃ、おかみさんでもないわね……ママ、マダムっていうとホステスだし、ねえ、お嬢さんてのも、ねえ……」
砂子「……砂子と申します」
みつ子「……そうだ、この間、アンタ（良介）、スナちゃんなんてよんでたわねえ」
良介「………」

みつ子「ホラホラ、都合が悪いとすぐだまっちゃうんだから、ハイ……」
　みつ子、カンをした銚子を……
良介「のみたくないよ」
みつ子「……何もあたしがお酌するなんていってないじゃないの。砂子さん……一パイ、ついでやってちょうだいな」
良介「いいよ、そんな……お客に……失礼だよ」
砂子「いいえ……一パイ、つがせていただいて、すぐおいとましますから……どうぞ」
良介「……すみません」
みつ子「……やはり違うわねえ。手つきなのねえ」
　みつ子まねをしながら、
みつ子「だめだわねえ、やっぱり。白衣着て注射器もってた女はダメねえ。……あたしねえ、看護婦だったのよ」
砂子「……まあ、そうですか」
みつ子「この人がねえ、テーベで入院してきてねえ、フフ、あとになってずい分後悔したらしいけど、そのときは……まだ学生だったでしょ？　『愛染かつら』の影響もあったんじゃないの」
良介「よしなさいよ、バカバカしい」
砂子「……あたくし、ぼつぼつ」

みつ子「もう少し、いらして頂戴よ。何もないけど……ガラクタばかりゴシャゴシャしてて、びっくりしたでしょ？　所帯も二十年になると……捨てても捨ててもたまっちゃって……」

砂子「……」

みつ子「こんなつまらないお皿一つでも……いろいろとあってねえ。なかなか思い切って捨てられないもンなのよ。ね、アンタ、これ、覚えてる？」

良介「……」

みつ子「世田谷の……若林に住んでた頃よ、縁日にいって、けんかして……ホラ……あのとき、夜店で値切った」

良介「何をつまらないことを」

みつ子「ほんと、どうしてあたしって、こうつまらないことしきゃいえないのかしら？」

良介、やけ気味に手酌でつぐ。

酒をこぼしてしまう。

砂子、半ば身についたしぐさで、台フキンで拭く。

じっと見るみつ子。

みつ子「砂子さんて、トクなタチねえ」

砂子「あら、何でしょう」

みつ子「あたしはね、あなたと反対なのよ。好きな先生の前でオムレツ作るでしょう、いいかっこうに作ろうと思うと……かえって、失敗してパンクしちゃうの。気に入られたいって思う人の前へゆくと、どういうわけかしらねえ、一番きらわれることしてしまうの」

二人の女、じっと見つめあう。

砂子、少し、みつ子が哀れになってくる。

みつ子「人に好かれるタチねえ、砂子さんて」
砂子「……」
みつ子「うちの良介も、あなたみたいな人が大好きなのよ、ねえ……そうでしょ」
良介「……」
みつ子「またたまって、かくすことないじゃないの。ねえ……、砂子さんはどうなの、良介みたいな男、きらいじゃないでしょ？」
砂子「……あたくし、失礼します」

みつ子、立ち上りかける砂子の手首をとる。

みつ子「脈が早くなってるわ。二百あるわよ」
良介「みつ子！」
みつ子「二人とも、かくすことないじゃないの。アタシが知らないと思ってるの？」
良介「ハッキリいってもいいのか」

みつ子「おっしゃいよ。お前と別れて、砂ちゃんと結婚するっていいたいんでしょ」
　砂子、良介……みつ子、いきなり笑い出す。
みつ子「フフフ、フフフ、困ったわねえ、本当。困っちゃった……何せ一つしかないもの、とりあってるんだもの。どうぞ、ってアゲたいけど、あげるとアタシが困っちゃうし……」
　みつ子、テーブルの下のバッグから小型のピストルを出して、砂子の胸にピタリと狙いをつける。
砂子「奥さん」
みつ子「やっぱり、わたしたくないわねえ」
良介「バカなまねは」
みつ子「ワン、ツーのスリー」
　小さくアッと叫ぶ砂子。
　良介。ピストルを叩き落そうとする。
　ピストル、ピューと水を吹き出す。
　良介。
　喘(あえ)いでいる砂子。
みつ子「これは、百五十円」
良介「……」

みつ子「オモチャ屋にいくと、こんなのいっぱいあるのよ。お孫さんのですか、なんていわれるのがシャクだけど……フフ、フフフ」

　良介、いきなり、みつ子の顔を殴りとばす。

良介「バカ！」

　みつ子、子供のようにウウウと嗚咽して、良介にとりすがる。

　良介、じゃけんに引きはなす。

　みつ子、狂ったようにとりすがって泣きじゃくる。

良介「……何て、バカな……」

　砂子、立ち上る。

砂子「おじゃまいたしました」

良介「砂子さん」

砂子「どうぞ……送らないで下さい」

　砂子、立ち上りかけて、たぎっているガス台のヤカンに気づく。静かにコックをしめて……

砂子「あたし、やっと判ったわ。殿村さんと奥さんて……別れられないのよ。……きっと死ぬまで……一緒のお墓に入るご夫婦なのよ」

　出てゆく砂子。

　立ちつくす良介。

まだ泣いているみつ子。

◆夜の道

歩く砂子。

◆良介の家・茶の間

涙を拭いているみつ子。

腕組みしている良介。

みつ子「あたし、謝まってくる」

良介「……もう、いいよ」

みつ子、涙をふいて、

みつ子「……おでん、あったためましょうか」

良介「……うむ」

◆ガン・コーナー

バンバン撃っている砂子。

◆「次郎」の店

一人、ポツンとカウンターにすわって、金魚をかまっている折口。
入ってくる砂子。
砂子「あら……」
折口「……お帰ンなさい」
砂子「ポンちゃんは」
折口「ちょっとそこまでいってくるから、留守番しててくれって」
砂子「まあ、すみません」
折口「いやあ、どうせ、ヒマだから……。ずい分遠くまで出前するんだなあ、ちょうど……一時間」
砂子「帰りにあそんできちゃったの、ガン・コーナーで、バンバン」
折口「へえ」
砂子「あたると、ウサギなんて、キュー、バタン、てひっくりかえるのよ、かわいそうだけど、やっぱり、ねらっちゃうの。
それから、シャボテンのかげから、インディアンがヒョイ、ヒョイと顔出すの。狙って、バーン、バーンて。おもしろいったらないの、フフ、胸がすーとしちゃった……」
笑いながら涙を拭いている砂子。
見て見ぬフリをする折口。

砂子「またいこうかしら（狙って）バーン、バーン」
折口「バーン、バーンもいいけど……。こっちの金魚、少し弱ってるなあ」
砂子「あら……そうですか」
折口「夜になったら、少し暗いとこへおいてやらなきゃ、不眠症になっちゃうなあ」
砂子「あら、金魚もねむるのかしら」
折口「人間と同じですよ。ちゃんとねむったり、夢をみたりするんですよ。ホラ、みてごらんなさい。こいつ、体の色が少しうすくなって、ボンヤリしてるでしょ？　今、夢をみてるんですよ」
砂子「……どんな夢をみるんでしょうねえ、金魚って……（金魚鉢を叩く）」
折口「あ、そっと叩かなくちゃ、ホラ……また、体の色が濃くなってきたでしょ、夢からさめたんだな」
砂子「……あたしと同じ。あたしも夢をみてたのかしら？」
折口「？」
　砂子、折口に酌をする。
折口「はじめてだなあ、お酌してもらったの」
砂子「あら、そうだったかしら？」
折口「……なんていうんですか」
砂子「……え？」

折口「苗字」
砂子「苗字……あたしの苗字は……柿沢」
折口「柿沢さん」
砂子「七年ぶりだわ、柿沢さんてよばれたの。タイピストしてた頃によばれたきりで……そうなのねえ。あたし柿沢さんなのねえ」
折口「………」
砂子「……金魚屋さんは」
折口「折口、折口誠」
砂子「折口さん……」
　砂子、酌をしかけてハッとする。
　小指がピンと立っている。
砂子「やだわ、この指」
折口「え？」
砂子「小指の、このくせ、直さないと、おヨメにゆけないな」
折口「（あわてて）いやあ、小指なんて……どっちだっていいすよ。小指だって、親指だって」
砂子「フフ、フフフ」
　ムキになる折口に二人とも何となく笑ってしまう。

折口「（テレて）エサ、やるかな」
　折口、ポケットからエサの箱を出して、パラパラとまく。
折口「〽赤いべべ着た
　　可愛い金魚」
　ごく自然に唱和する砂子。
砂子「〽お眼々をさませば
　　ご馳走するぞ」
折口「あれ？　こんな古いうたを」
砂子「父がよくうたってたの」
折口「うちは死んだオフクロがね」
砂子「〽赤い金魚は
　　あぶくを一つ」
折口・砂子「〽昼寝うとうと
　　夢からさめた」
泳ぐ。あんまり冴えない和金。
金魚鉢の向うのカウンターの砂子と折口。
砂子の顔、和んでいる。

毛糸の指輪

NHK
1977年1月3日
21時00分〜22時00分放送

◆おもなスタッフ
プロデューサー——藤村恵
演出——松本美彦

◆おもなキャスト
宇治原有吾（初老の男、窓際の編集者）
——森繁久彌
宇治原さつき（有吾の妻）——乙羽信子
丸根清子（ウエイトレス）——大竹しのぶ
元橋時夫（清子の恋人）——岡本富士太
竹田編集長（有吾の年下の上司）——森本レオ

◆ゲームセンター（夜）

ウエイトレスの制服の丸根清子（22）が、食品会社サラリーマンの元橋時夫（27）とゲームをしている。恋人同士らしく、二人一緒に同じゲームをしたり、時夫がするのを、のぞき込んだりしている。

清子の方が惚れている感じ。

二人のうしろに、ゲーム台が空くのを待っている初老の男、宇治原有吾（60）。

時夫、何か言いながら、バーンと撃つ。

清子「お見合い？　やだ。なに言ってんのよ。あたしがお見合いなんかするわけないじゃないの」

時夫「そうじゃなくてさ（またバーンと撃つ）」

清子「あたしみたいに親兄弟のない女の子にはね、誰もお見合いのはなしなんか持ってこないの。第一、そんな必要ないもン」

清子、甘えながら、ゲーム延長のつもりだろう、小銭を出す。

時夫「――清ちゃんじゃなくてさ」

清子「え。時夫さん……？」

清子、十円玉を落す。

うしろの有吾、拾って手渡すが、ショックを受けている清子は顔も見ずに受け取って、礼も言わない。
有吾、ムッとしながらも、このあたりから、二人のやりとりに聞き耳を立て始める。
時夫「課長がね、逢うだけでも逢ってみろって、しつこいんだよな」
清子、明らかにショックを受けている。が、わざとおどけて陽気に振舞う。
清子「ウワァ！　時夫さん、見込まれたわけだ」
時夫「(撃つ)」
清子「ね、どんな人？　美人？　年いくつ？」
時夫「逢ってないから判んないよ」
清子「どこの人？　つとめてる人？」
時夫「課長の——奥さんの妹」
清子「出世コースじゃない！」
時夫「『約束してるひといるか』って聞かれてさ、オレ、いないって言っちゃったんだよな」
清子「あったり前じゃないの。あたしたち、別にどうって間柄じゃないもん」
時夫「でもさ、一応、清ちゃんの意見聞こうと思って」
清子「賛成」
時夫「——」
清子「絶対賛成！　チャンスじゃないの。断ったらバカよ」

時夫「じゃあ、清ちゃん、いいの」

清子「勿論！　頑張ってよ。あ、駄目だな、こんなネクタイじゃあ、もっとバチッとしたのしてかなきゃ振られるから！」

明らかに無理をしている清子。

じっと見ている有吾。

時夫、バーンと撃つ。的が倒れ、サイレンがウウーと鳴ったりする。

清子「やったァ！」

手を叩いて大はしゃぎの清子。


点滅し、さまざまな騒音を立てるゲーム台。


有吾、ゲームをしている。

隣りで、ガンを撃っている清子に気づく。

清子、さっきの威勢はどこへやら別人のように沈んでいる。

片目をつぶって狙うが、その目にみるみる涙が溢れてくる。有吾、ハンカチを差し出す。

清子、警戒して受け取らない。

有吾「新しいアメリカの大統領、何てったかな」

清子「え？」
有吾「アメリカの大統領」
清子「（釣り込まれて）カーターでしょ。ジミー・カーター」
有吾「そうそう、カーター。カーターが本出したじゃないの。ええと、ほら」
清子「ああ、何か新聞に出てたけど——ううんと……」
有吾「『君はベストを尽したか』」
清子「ああ、それ」
有吾「ベストを尽したかい、清ちゃんは」
清子「（え？　となる）」
有吾「諦めたら負けだよ」
清子「（バーンと撃つ）」
有吾「わたしが思うに、もっと自分の気持に正直に（言いかける）」
清子「間に合ってます（撃つ）」
有吾「——お父さん、おいくつなの」
清子「十年前に死にました！」
有吾「生きてたら、いま——」
清子「（指を折って）五十一」
有吾「わたしの方が十も上だ」

清子「――」
　有吾、名刺を出す。
清子「『味覚天国』編集部、宇治原……」
有吾「ユーゴと読む」
清子「ユーゴ」
有吾「(清子のユニホームを突っついて) 喫茶店かな」
清子「そこのレストラン」
有吾「どのくらいになンの、彼氏とのつきあいは?」
清子「一年半……」
有吾「(自分の手の甲に唇をチュンチュンとくっつけて) こういうこともしたわけだ」
清子「やだ。そんなことしてないわ!」
　色とりどりの毛糸でだんだら模様に編んだ手袋で有吾をぶつようにしてムキになって抗議する清子。
　少しずつ警戒心がほぐれている。

◆タイトル
　『毛糸の指輪』
　スタッフ

キャスト

◆宇治原家・玄関・表

つつましい建売住宅の玄関。

「宇治原有吾」の表札、玄関の戸が細目にあいて磨りガラスの中で有吾が靴を磨いているのがうつっている。

有吾「〽これっきり　これっきり
　もうこれっきりですかァ
　これっきりこれっきり
　もうこれっきりですかァ」

低い声でハミングしながら、踊ってるような格好で弾んでいる。

◆茶の間

さつき（55）が義妹の土屋悦子（50）に茶を入れている。

部屋の隅に内職用のミシンと人台など。

悦子「かかるったらかかるってまあ、娘一人かたづけるのにこんなにかかるとは思わなかったわねえ」

さつき「今日び、大根一本買ったって百円ですもンねえ」

悦子「義姉(ねえ)さん、大根やにんじんなんて安いもンよ。洋服ダンスだ三面鏡だ、冷蔵庫だテレビだって、ズラッと書き出してごらんなさいよ、もう気が遠くなるから」
さつき「——カラ茶だけど——」
悦子「洋服ダンスもね、始めは、このくらい（三本指）のつもりだったのよ、でもねぇ、ズラッと並んでるのを見ると、やっぱり、いいものはいいのよね」
さつき「一生にいっぺんだもの。いいじゃないの」
悦子「一生にいっぺんも、義姉さん、五つ六つ集まると、笑ってもいられなくなるのよ。式と支度で、これ（一本指と片手）で上げようって言ったのがなんだかんだで、これ（二本指）でしょ、もう毎晩夫婦げんか」
さつき「京子ちゃん、自分の貯金出さないの」
悦子「（首を振る）出すものとなったら、ベロも出さないわね」
さつき「親がなんとかやってると思うから、甘えてンのよ、心の中じゃ、手合わせて拝んでるわよ」
悦子「拝んでなんかくれなくてもいいから、親として扱ってもらいたいわね。式の日取りから式場から、みんな二人だけで決めちまって——」
さつき「——相談なしなの……」
悦子「娘持つ親ってのは、みんな、それを楽しみに子供大きくするんじゃないの、それをアナタ楽しい思いは自分たち。お金払うのは、こっちでしょ、何のために今まで苦労したのかと思うとバカバカしくて――子供のない人が羨ましいわよ」
さつき「――（玄関の方に声をかける）お茶入りましたよォ」
　返事の代りに、唄が聞こえてくる。
有吾「〽これっきり　これっきり
　　もうこれっきりですか」
　手を拭きながら、入ってくる有吾。
有吾「文句言いなさんな。歌の文句じゃないけれど、もうこれっきりなんだから」
悦子「当り前よ、二度も三度も結婚式されちゃ、親はたまンないわよ」
　有吾、しゃべりながら掌でパタパタと額や頬を軽く叩いている。
有吾「それにしても式場が気に入らないねえ。名前ばっかしで料理は落ちるぞ」
さつき「いいじゃないの、もう決まったんだから（言いかけて）あんた、何やってんのよ」
悦子「やだ、兄さんたら、男のくせして美顔術」
有吾「顔だけじゃないんだよ、こりゃね、全身の血行をよくして頭脳の老化を防ぐ働きがある」
二人「本当なの」
有吾「孔子もやってたそうだ」
二人「コーシ？」

有吾「子（し）曰（のたまわ）くの孔子さまですよ、学がないねぇ、どっこいしょ（立ち上る）」
さつき「少し早いけど、おそばでも取りましょうか」
有吾「わたしは（手を振る）作家の先生と打ち合わせを兼ねて昼メシ食う約束になって
　るから」
悦子「おひるから行って月給もらえるんだから、いいご身分ねぇ」
有吾「出版社ってのは、こんなもんですよ」
　鼻唄まじりで出てゆく有吾。女たち、何となくパタパタと顔を叩きながら、少し声
をひそめて。
悦子「――会社の方――どうなの」
さつき「こんどは、大丈夫そう」
悦子「そんならいいけど、仕事運の悪い人だから」
さつき「潰れる心配はなさそうだけど――ひとりだけ年喰ってるでしょ。けむったがら
　れてるんじゃないかと思ってね」
悦子「黙って引っ込んでる方じゃないから」
有吾（声）「〽これっきり　これっきり
　　　もうこれっきりですかァ」
悦子「山口百恵じゃないの」
さつき「こわれたチコンキじゃあるまいし、こないだから、あればっかし」

さつき、どなる。
さつき「お見舞い、行ったほうがいいんじゃないんですか」
有吾（声）「遊びに行ってケガした奴のきげんなんか取ることないよ（また鼻唄）」
さつき「（悦子に）編集長がね、スキー行って足折ったのよ、もう出てきてるけど。あたしが行くっていうと、くるなくるなってもう」
悦子「気をつけたほうがいいんじゃないの」
さつき「え？」
悦子「兄さん、なんか浮き浮きしてるわねぇ」
さつき「年考えてもの言って頂戴よ、地位もないお金もない男が、浮気なんか」
悦子「そう思うでしょ、裏かかれたのよ――」
さつき「え？」
悦子「ついこないだ――（チャンバラ）」
さつき「へえ、新司さんでもそんなことあンの」
悦子「あたし、言ってやったのよ、娘が、父さん、長いこと有難うございましたってあいさつした時、うつむかないようにして下さいねって」
さつき「――」
悦子「義姉さんとこは『子供』って歯止めがないんだから気許しちゃ駄目よ」
有吾の弾んだハミング聞こえている。

さつき「――」

◆「味覚天国」編集部プレート

古びたビルの一室のドア。

◆「味覚天国」編集部

ギプスで固めた片足をデスクにのせて、珍妙に体をねじりながらラーメンをすすり込んでいる竹田編集長。

伝票を手に、唐沢緑、少しはなれてカメラマン、編集部員など。

竹田は坊ちゃんタイプで甘えん坊の弱気。緑は勝ち気なタイプ。そのくせ竹田に惚れているらしい。

緑「いない人の悪口言いたくないけど、あたし、宇治原さんの採点おかしいと思うな」

竹田「いや、ぼくもね（ズルズル）」

緑「食べもの屋の採点するのにいきなりトイレへ入ってよ、掃除が行き届いてないからって、一つ星にするなんて行き過ぎよ」

竹田「頑固だからなあ、宇治原さん」

といったとたんに箸を一本、床におっことす。拾おうとして、

竹田「ああツツツツ（いたい）」

緑「(拾ってやりながら) こんなことしてたら今にどこも広告くれなくなるわよ」
竹田「そう言うと余計エコジになるしさァ」
　箸の先の汚れが気になるが、緑、気がつかずまくしたてるので、竹田仕方なしに食べはじめる。
緑「取材費だって使い過ぎよ。ありゃ、絶対二人分の請求書だわね」
竹田「唐沢さん、ヤキモチ」
緑「あら、なにがヤキモチよ」
竹田「今までは緑さん緑さんだったのが、この頃、オバサン扱いだから」
緑「年寄りほど若い女の子にのぼせるの、女ってものが判ってないのよ」
　意志表示をしてくれない竹田にあてつけている。
　たばこの火をもみ消して、
緑「ああいう人やとっとく義理でもあるんですか」
竹田「先輩から押しつけられちゃ、いやとは言いづらくてねぇ」
緑「いっぺんガーンと言ったほうが (ギブスにさわってしまう)」
竹田「アイタタタ。ねえ、言ってくれない？」
緑「どして女に言わせるのよ？　編集長でしょ！　竹田さん」
　ノックされて、ドアが開く。
緑「はーい、珍笑軒」

入ってくるのは菓子折を抱えたさつき。
緑「あ、宇治原さんの奥さん――」
竹田「あ、どうぞ、どうぞ」
立とうとしてアイタタとなる竹田。
二人とも少しうしろめたい。
さつき「まあ、いつも主人がお世話様になりまして、この間はとんだご災難で」
竹田「いや、自業自得ですよ」
さつき「ああいう人間ですから、ご迷惑おかけしてるんじゃないかと思って」
竹田「いやいや、あ、せっかく奥さんいらしたのに宇治原さんお出かけだなぁ」
さつき「それ、狙って参りましたの。おりましたら、やな顔されますもの。あ、これ、ほんのお口汚し――」
竹田「こりゃどうも。あいたた」
デスクの電話が鳴る。
竹田が取る。
竹田「アイタ、『味覚天国』編集部――あ、先生どうも――」
さつき、椅子へのせる小さな手造りのクッションを出す。
さつき「こないだうちから、持ってって下さいって言ってるんですけど、この次この次って」

言いわけしながら、編集長のすぐ横の机にバッグを置き、椅子にクッションを置く。
緑「あの、そこ、あたしの席なんですけど」
　バツが悪いのでたばこをすっている緑。
さつき「あら、主人、たしかここ――」
　さっきの勇ましさはどこへやら、気の毒そうに言う緑。
緑「こんど、あっちに――」
　隅っこの、小さな一人だけ壁に向った名ばかりの古机。（ほかはスチール、これだけが木の机）
さつき「――失礼しました」
　さつき、椅子にそっとクッションを置く。ハラワタのはみ出したきしむ椅子。
竹田「どうも申しわけありません。アイタタ（電話を切って）島村先生カンカンだよ。徹夜で原稿書いたのに取りにこないって」
緑「あら、宇治原さん、行ってんじゃないの（小さく）」
さつき「あ、そういえば、おひるに著者の方と、打ち合わせがあるからって、出てゆきましたけど」
二人「（困る）」
　竹田の前の電話が鳴る。
竹田「モシモシ。宇治原さん？　いま出かけてるけど――え？　清子さん」

さつき「――キヨコさん？」
竹田「二時に神田の出雲そばの約束だけど十五分遅れる――」
さつき「――」
竹田「もう出ちゃってンだけどねえ」
　さつき、机の引出しをあける。
　オーデコロンのびん。
さつき「――」
竹田「ハイハイじゃ連絡あったら、そう言っときます」
緑「よく電話ある――ほら、姪御さんよ（さつきに）いろいろ大変ねぇ」
さつき「ええ、なんですか、もう」
　あいまいにごまかすさつき。

◆出雲そば

　古い造りのそばや。

　入れこみの座敷もあり、注文を通す独特のかけ声、奥のテーブルにならんでいる有吾と清子。

　清子はそばをすすり、有吾は手酌でお銚子をかたむけている。

清子「いまならアタシ、どんな大地震、来ても平気だな。

ペチャンコになって死んじゃいたいって気持。あたしさァ、今までは、わりかし毎日、楽しかったわね。でも、時夫さんとこうなってからは――なんていうかなぁ、すごーくむなしいわけ」
有吾「『ムナシイ』って字、書けるかい」
清子「ムナ――ええと」
有吾「胸じゃないよ」
清子「空って字」
有吾「本当はキョ……うつろって字だけど、ま、空でもいいか」
清子「毎日、人にコーヒーだのカレーだの、出したり引っこめたりしているわけでしょ。こんなの青春じゃないなって」
有吾、清子の、いろんな色で段々になった可愛い手袋を指の先にひっかけ、もてあそびながら――
有吾「いや、青春だねえ」
清子「あら、青春てのはさ（言いかける）」
有吾「かっこいいだけじゃないんだよ。金がなくてみっともなくて、見栄っぱって、無闇矢鱈に腹が立って、そういうのも、青春なんだよ」
清子「そうかなあ」
有吾「過ぎちまうと、それがキレイに見えてくるんだよ。懐しくなってくるんだよ」

清子「(ズズーとそばをすすりこむ)」
有吾「あと五十年もたってごらん。清ちゃんだって若い男の子なんかに『あたしの若い時分にゃGパンてのはやってねえ、女の子はみんなつけまつ毛つけたもんだよ』なんて楽しそうにはなすンじゃないかな」
清子「おじさンときはどうだった?」
有吾「うむ……」
清子「おじさんがあたしぐらいの時――戦争中?」
有吾「日支事変が始まる直前だったねえ。暗い時代でね。二・二六事件、阿部定事件」
清子「ウワァ! ポルノじゃない」
有吾「大きな声出しなさんな」
たしなめて、ハッとなる。すぐうしろ横に、さつきが坐っている。
大あわての有吾。
有吾「電、電話かけたほうがいいな、彼に」
清子「かける口実、ないもン」
有吾「なんか借りてるもの、ないの? 本とかお金とか」
清子「あ、マフラー」
有吾「返したいって……」
有吾、ポケットから十円玉を出してから、店のすみの赤電話をあごでしゃくって教えてやる。
清子「あとでいいわよ」
有吾「思い立ったときにかけると、いいことがあるもんなんだよ、ほら！」
清子を追い立てて、
有吾「さっき教えた通り、沈んだ調子で、ショック受けてることを正直に出して、お見合いどうなったか探り入れてごらん」
清子が立つのを見てから、おもむろに咳ばらい。
有吾「お前、ソバは苦手じゃなかったのかい」
さつき、つと立って、自分のお茶をもち、同じテーブルに坐る。
さつき「ずい分若い作家の先生ね」
有吾「――（ぐっと絶句する）」
さつき「なんて方」
有吾「おまえ、どうして、ここ」
さつき「清子さんていうんでしょ。あなたにあんな姪がいたなんて知らなかったわね」
有吾「姪みたいなもんだってそういったんですよ。可哀そうな子でねぇ、つきあってた男には振られる、身寄りはなしでね、まあ、わたしが父親代りに相談にのってやっているんだよ」
さつき「父親代りがなんでくしゃみが出るほど、オーデコロン、ぶっかけるの？　こん

　なことして、美顔術やるんです」
有吾「年、考えなさいよ。キヨちゃんはハタチか、二十一ですよ。バカバカしい」
さつき「やましくないんなら、かくすことないでしょ？」
有吾「お前、注文通したのか、おねえさん！」
さつき「いつ頃からの知りあいなんですか。もう何回ぐらい（言いかける）」
有吾「へこれっきり　これっきり
　　もうこれっきりですかァ」
さつき「とぼけて」
有吾「ちょうどよかった。お前にも知恵借りようと思ってたんだよ」

◆出雲そば・店内・公衆電話

　電話している清子。

清子「つきまとわれて困ってンの。うん、うん、おじいさんとお父さんの中間かな。え？　うんそんな、いやらしいことなんか全然ない。お茶だのごはんだのおごってくれて――うん食べもの雑誌やってるでしょ。おいしいとこすっごく知ってンのよね。ううん、伝票は会社持ちらしい。うん、年だしさ、大丈夫だと思うけど」

時夫（声）「それがアブないんだよ。いくつになっても、男は男だよ。絶対、アブないよ」

清子「うん、じゃあ、もうよす……」
　清子、甘えている。何のことはない。有吾をネタにしてしゃべっている。

◆出雲そば・店内

　有吾とさつき
有吾「可愛いじゃないの。恋人とヨリもどしたい一心でわたしの教えた通り、ああやって電話してるんだよ」
さつき「(うたがわしい目)」
有吾「ヘンな目でみられたんじゃ、わたしはともかく、清ちゃんが可哀そうですよ。オヨメにゆけなくなっちまうよ」
　清子、もどってくる。
清子「ね、お見合いね、相手の人がカゼひいて、延期になってンだって――」
　といいかけて、さつきに気づき、語尾がだんだん小さくなる。
有吾「ほう、そりゃよかった。あ、紹介しよう。うちの奥さんだ。清子さん」
さつき「こんにちは」
清子「――どうも」
有吾「いや、こういうことは、父親代理だけじゃ、どうしても行き届かないからねえ。キヨちゃん、この人をおっかさんだと思って、なんでも相談しなさいよ」

さつき「――おつとめですか」
有吾「食堂の――運ぶ係」
さつき「和食？　洋食」
清子「カレーとか、ハンバーグとか、スパゲティとか、簡単なもン」
さつき「じゃあ、そういうものは、食べたくなくなるでしょ」
清子「たまにおでんなんて食べると、おいしくって」
さつき「あら、うち、こんばん、おでんよ、食べにくる」
清子「うワァ」
有吾「なにも、今日逢って今日誘うことないじゃないか」
さつき「（聞かない）お住まいは下宿」
清子「会社の寮」
さつき「だったら、たまにはおこたでおでんはいいわよォ」
清子「でも……」
さつき「若い人は遠慮しないの」
　くさっている有吾。

◆宇治原家・茶の間

おでんの土鍋がおいしそうな湯気を立てている。盛大にパクついている清子。

清子「そういう『テ』だと思ったのよ。でもさ、オバサン紹介してくれるところみると、もう、絶対安全よね」

有吾「なにいってるんだ、はじめから、父親代りといってるじゃないか」

清子「もしかしたら、おじさん、あたしに気があンのかな、なんて思ってたの」

さつき「誤解？」

清子「あたし、誤解してたな」

　有吾とさつき。

有吾「はじめから、安全ですよ」

さつき「おだいこん、煮えてるわよ」

清子「オバサン、洋裁やるの？」

さつき「お直し専門」

有吾「清ちゃんも、なんか作ってもらうといいな」

さつき「時夫さんていったかしら、おつとめは？」

清子「うちのレストランに材料おろしている会社の営業」

有吾「なかなか美男子でね。ありゃもてるねぇ」

さつき「一年半もおつきあいしてたわけでしょ。それ上役から縁談があったからって、そっちへのりかえるってのは、どういうもんかしらねぇ」

有吾「わたしもね、そこんとこが気に入らないんだよ、男としてさ」

清子「あたしも、ショックだったけど、でも、考えてみると、今の若い男の子としちゃ、仕方ないっていうか当り前かなって気もするんです」
有吾「なにが当り前なの」
清子「だって、あたしみたいに、親もない、家もない、お金もない女の子より、ちゃんとした親のいる女の子と結婚するほうがトクだもの。マンションの頭金ぐらい払ってくれるじゃない」
有吾「結婚は取引じゃないんだからねえ」
清子「でも、慈善事業でもないと思うの、とび抜けて美人じゃなかったら、トクなほうえらぶの当り前だと思うんです」
さつき「ずい分かばうのね」
清子「今の男の子って、すごく生存競争烈しいでしょ。そのくらいガメつくないと、生き残れないと思うの、みてると、なんか、可哀そうみたい」
有吾「可哀そうたァ惚れたってことよ、ほら、清ちゃん、煮えてるよ」
清子「どれにしようかな」
有吾「あ、それそれ。それはね、迷い箸といって、一番お行儀が悪いんだ」
清子「マヨイバシ」
有吾「それから——ハシのほうまでベタベタに汚してるのもよくないねえ」
清子「(口にいっぱい入れたまま、うん、といった感じの返事)」

有吾「目上の人間に答えるときはハッキリ、ハイという」
清子「ハイ」
有吾「ついでにいっとくけど、人のうちへ上るときは、はきものを必ず帰りにはきやすいようにそろえて上ること」
清子「フン」
有吾「返事は」
清子「ハイ」
さつき「いまどき、そんなやかましいことというお父さんじゃ、娘がグレるんじゃないの」
　さつき、清子をチラチラ見ながら、
さつき「髪形、変えたほうがいいんじゃないかしらねえ」
二人「え？」
　さつき、ひょいと前髪を上げたりうしろ手でもったりして、
さつき「ほら、こうやったほうがずっと美人にみえるのよ」
有吾「なんですよ、ごはん中に」
さつき「それから、口紅もちょっとピンク系のほうがいいんじゃないの」
清子「これ、ピンクだけど」
さつき「もっとピンクの」

有吾「キヨちゃん、すまないけど、がんも取って頂戴」
さつき「サイズはいくつなの」
清子「サイズって、靴ですか」
さつき「洋服」
清子「ええと」
有吾「ガンモ」
さつき「上から」
清子「すごくあるの、ええと、上がァ」
有吾「ガンモ！」
さつき「お父さん、ヤキモチやいてるわ」
おでんの湯気の中で、親子三人のようなやりとり。

◆宇治原家・庭（日曜日）

植木の刈り込みをしている有吾。
脚立を押さえたりして手伝う清子。
縁側で手招きするさつき。

◆台所

さつきに包丁の使い方を習っている清子。
台所の入口で、有吾がよんでいる。
さつき、渡さない。
有吾、ひっぱる。

◆庭

雨どいの修繕をする有吾。
手伝う清子。

◆庭

白菜を漬けるさつき。
手伝う清子。

◆茶の間

さつきに仮縫いをしてもらっている清子。
のぞいて、叱られている有吾。

◆縁側

面白くないふくれっ面で裁ちバサミで足の爪を切っている有吾。
障子があいて、さつきに裁ちバサミを取り上げられる。
中から、二人のたのしそうな笑い声。

◆茶の間

さつきに障子はりをならっている清子。手を貸そうとして追っぱらわれる有吾。
有吾、くさっている。

◆バー(夕方)

カウンターで、有吾と時夫がのんでいる。
時夫、少しムッとしている。
父親気取りの有吾。
有吾「たしかに結婚の約束はしてないだろう。しかしねえ、時夫クン、適齢期の女の子を一年半もしばりつけておいたってことに対しては」
時夫「しばりつけたなんてこたァないですよ、ボクたち、五分五分のつきあいってことで」
有吾「男はいいんだ。五十になっても六十になっても、結婚相手をえらべるからね、しかし、女の子には、やはり売りどきってもンがある。こちらに水割りお代り」

時夫「ぼくだったら、ケッコウです」
有吾「キミ、こういう諺(ことわざ)知ってるかなあ。『女房は台所から入ってくるような、つまり目下のうちから貰うほうがいいんだ、目上から貰ったら、男は一生頭が上らない。わたしなんぞは」
時夫「宇治原さんは、清ちゃんと、どういう関係なんですか」
有吾「だからさっきいったように父親代理として」
時夫「子供じゃないんだから、本人同士で話し合いますよ。——取引先と逢う約束があるので失礼します」
有吾「時夫クン」

◆宇治原家・茶の間(夜)

コートやマフラーを脱ぎながらの有吾、さつき。
有吾「思ったよかいいねえ、ありゃ野心、将来性、共に七十点はやれるねえ、浮気するけど、大きく道を踏みはずして妻子を泣かすタイプじゃないから八十点、総合点七十五点」
さつき「七十五点でも八十点でもよござんすけど、清子さん、知ってるの」
有吾「歯ならびよし、目も正常」
さつき「黙って逢って、大丈夫ですかねえ」

有吾「なあに、やんわりとした中にも、娘をもつ父親として、クギを打っといたから」
さつき「五寸釘じゃないの」
有吾「ちゃんとした人間がうしろについている、親なしじゃありませんぞ、というところみせときゃ、奴さんもそうそう勝手なまねはできんからねえ。
やれやれ臨時やといのおやじもくたびれるわ」
SE　ドア・チャイム
さつき「はーい」
清子（声）「ごめん下さい」
さつき「清子さんじゃない」

◆玄関（夜）

戸をあけるさつき。
うしろに有吾、木枯し。
立っている清子。
さつき「清子さん——どしたの、こんなに遅く」
入る清子。立ったまま、固い表情で千円札を突き出す。
清子「こないだ、借りたタクシー代返します」
さつき「親の仇じゃあるまいし、借りたからってすぐ返すことないでしょ」

清子「――時夫さん、やっぱりお見合いすることにしたって」
さつき「そういったの」
　清子、有吾をにらみつけるようにいう。
清子「夕方、逢ったんですってね」
有吾「――」
さつき「――いま、そのはなししてたのよ」
清子「あたし、言われたわ。『君は親兄弟がいないっていってたけど、へんな親がついてンだな』って……」
有吾「いや、清ちゃんがジカに聞きづらいこともあるだろうと思って」
清子「余計なことしないで！」
有吾「父親なら、当り前のことじゃないのかね。娘が惚れてる男に逢って、本当の気持をたしかめるのは」
清子「しないわよ、そんなこと。
　本当の親なら――黙って気もんでるだけよ。ノコノコ出てって、トンチンカンなことなんか聞かないわよ」
有吾「――」
　小刻みに胴震いしている清子。
　外は木枯し。

さつき「とにかくお上ンなさい」
清子「失礼します！」
さつき「風邪ひいたらどうすンの。さ、早く」
　抵抗するのを引っぱり上げるさつき。
　有吾、ハンドバッグを持とうと手を出すが、清子、引ったくるように渡さない。

◆茶の間（夜ふけ時）

　大きな湯呑みを掌であたためるようにして、湯気の中に顔を埋めている清子。少し素直になっている。
　有吾、さつき。
　時計のセコンド。
さつき「清子さん、あんた、何て言ったの」
清子「――」
さつき「時夫さんが、やっぱり、お見合いすることにしたってそ言った時――なんて言ったの」
　清子、少し黙っている。
清子「（カスレタ声で）そうお、そりゃよかったじゃないって」
有吾「ニコニコしながら、そう言ったんだろ」

清子「だってメソメソすんの、やだもン」
有吾「時夫クンの前で、ベソかいたことはないのかい」
清子「人の前で泣くの、口惜しいもン」
有吾「でもねえ、男ってものは、女が自分のために泣いてくれる顔を見たいもンなんだよ」
清子「――あたし、おなかン中で泣いてたわ。どして判んないのかな」
有吾「若い時は判らないいんだよ」
清子「――――」
さつき「清子さん、健気すぎるのね。時夫さんて、少し気が弱いとこあるみたいだから、清子さんのそういうとこ、好きなくせに、シャクにさわるんじゃないかなあ」
清子「――――」
有吾「まあ、いいさ。時夫クンばっかしが男じゃないさ、そのうちいいのがみつかるよ」
清子「そうだ！」
さつき「……清子さん、それ、本当の気持？」
清子「？」
さつき「諦めてもいいの。一生、後悔しない？」
有吾「おいおい。せっかく気持に区切りつけたとこなんだから。横からつまンないこと

（いうなよ）」

さつき「(言わせない) あたしだったら、これから時夫さんのアパートへ行くわね」

清子「おばさん——」

有吾「おい——」

さつき「『お見合いなんかしないで』『もいっぺん考え直して』むしゃぶりついて、そういうわね」

有吾「なに言ってんだ。相手は若い男だぞ。こんな時間に男一人のアパートに上りこんで、むしゃぶりついたら、どういうことになるか、お前は」

さつき「そうなったらなったで、いいじゃありませんか」

有吾、さつきの急変にびっくりして、オタオタしてしまう。

有吾「おい！　本当の母親だったらそんなことは絶対にいわないぞ、若い人間のきげん取るようなことを言うんじゃないよ。バカ」

さつき、有吾を無視して清子をみつめて、

さつき「三十年前のあたしと同じ……」

有吾・清子「———」

さつき「その頃、あたしね、渋谷の洋裁店で働いてたの。好きな人がいて、ゆくゆくは結婚したいなって思ってたわ、でも、その人、つとめ先の義理で、結婚ばなしがもち上ったの。あたしね、清子さんと同じ——『そうお、そりゃよかったじゃないの』

――ニコニコしてそう言ったわ」
清子・有吾「――」
さつき「あたしね、死んだ父が『お前は、ほかに取柄はないけど、笑い顔だけは悪くないよ』そ言ってくれたの。
　そのせいかしらねえ、人前ではなるべく笑い顔してよう。男の前で泣いた顔なんか、絶対に見せるのよそう。そう思ってたのよ。
　でもねえ、夜、お風呂の帰りにその人が、間借りしてる部屋のとこ通ったの、あたし、飛んでって、かじりついて、ワアワア泣きたい――本当にそう思った」
有吾「おい――」
さつき「（答えずに）でも、あたし、しなかったのよ、ふしだらだとか何とか、世間からうしろ指さされるのがこわくて――今でも、その人の名前が新聞にのっかってたりすると、ドキンとするの」
有吾「何て男だ、そいつは」
さつき「あの晩、もう少し勇気があったら……あたしは別の人生を歩いていただろうって……」
有吾「その人生がよかったかどうか」
さつき「（一方的にしゃべる）いま、あの年からやり直しが出来たら、あたし、あの人の部屋に行ってるわね」

有吾「行くだけが勇気じゃないよ。行きたいけど、踏みとどまって行かないのも、もっと大きな人間らしい勇気ですよ」

さつき「清子さん、人間はね、一度しか生きられないのよ。あとで悔いを残さないように、ようく考えて。ね」

有吾、何か言いかけるが、今迄にないさつきの目の強さに言葉を呑み込む。

清子、無言で有吾を見、さつきを見る。

時計のセコンド。

ストーブにかけたやかんが、音をたてて、湯気を上げている。

火の用心の拍子木。

だまっている三人。

清子「おやすみなさい」

◆玄関・表(夜ふけ)

帰ってゆく清子。

見送る有吾とさつき。

木枯し。

帰ってゆく清子のうしろ姿を見ながら、
有吾「本当のはなしか」
さつき「――」
有吾「今までそういうはなしはしなかったじゃないか」
さつき「――」

◆茶の間（夜ふけ）

黙って木枯しを聞いている有吾とさつき。
有吾「いつ頃のはなしだ……」
さつき「あなたに逢う一年前……」
有吾「俺の知ってる奴か」
さつき「ううん、全然知らない人……」
木枯し。

◆庭（夜ふけ）

木枯しで、ささやかな植木が風にたわんでいる。
雨戸をしめる手をとめて、放心するさつき。

うしろでたばこをすっている有吾。

さつき「あの子、行かなかったわよ、ねえ」

有吾「――」

さつき「――」

◆茶の間（夜ふけ）

入ってくるさつき。

黙って、たばこをすう有吾に、すがるような目。

さつき「ねえ、行かなかったと思わない」

有吾「さあ、どうかねえ」

さつき「――」

さつき台所へ立ってゆく。

有吾「（呟く）――行ったんじゃないのか」

苦いたばこ……

バタンと台所のドアが開閉する音。

有吾「（立ってのぞく）おい！　おい！」

誰もいない台所。

有吾「おい！　おい！」

◆喫茶店（夜ふけ）

ポンと坐ってレコードを聞いている清子。

迷っている。

青春そのもの、といったレコードがつづいている。

◆時夫のアパート（夜ふけ）

探しながら来たらしいさつきが表札をたしかめ、つつましいモルタル二階建ての脇についた階段を上ってゆく。

◆時夫のアパート・廊下（夜ふけ）

出しっぱなしになった子供の三輪車をよけながら、入ってゆくさつき。

ドアに貼ってある名前をたしかめる。「元橋時夫」。あたりに気を遣いながら中をうかがう。

ためらった末、思い切ってノックする。もう一度ノック。

時夫「はーい」

ドアがあいて、パジャマ姿の時夫が寝入りばならしく大あくびをしながら、顔を出す。
さつき「あの――こちらに清子さん伺ってませんでしょうか」
時夫「え?」
さつき「清子さん――」
　さつき、目を泳がせる。
　土間には、女ものの靴はない。
　一間きりの部屋にはベッドが一つ。
時夫「いや、来てないけど――どなたですか」
さつき「いえ、あの、知り合いの者なんですけど、どうもお騒がせしました」
けげんな顔の時夫。
ドアを閉めて、ホッと溜息をつくさつき、安心したような、拍子抜けしたような
――

◆アパート・表(夜ふけ)
　階段を下りてくるさつき、ハッとなる。
　階段の下に、ショールを手に有吾が立っている。
さつき「来てなかった」

有吾「――」

さつき「よかった」

　さつき、笑うとも半ベソともつかぬ顔で呟くと、不意に有吾の胸に顔をすりつけるようにする。

肩を叩いて、ショールをかけてやる有吾。

少し離れたところで見ている清子。

清子、二人に覚られぬように公衆電話のボックスの中に入り、マフラーで顔をかくすようにする。

木枯らしの中を、帰っていく夫婦。

じっと見送る清子。

片方の手袋をとりダイヤルを廻す。

◆アパート・廊下（夜ふけ）

　管理人室の外に突き出た赤電話で、寒そうにしゃべる時夫。

時夫「なんだ、清ちゃん」

◆公衆電話ボックス

　清子、手袋をもてあそびながら、しゃべる。引っかけたらしく、ほつれて、糸の出

　ている手袋。

清子「うちのチチとハハが、ご迷惑かけてすみません」

時夫（声）「父と母――モシモシ、それじゃぁ、今来たの――」

清子「うちのお母ちゃん」

時夫（声）「モシモシ、あ、夕方逢った宇治原って人の奥さんか」

清子「わたしが、時夫さんのアパートに行くんじゃないかって心配して、見にいったのよ」

時夫（声）「いきなりきたからさ、びっくりしちゃったよ」

　清子、自分に言い聞かすように、
清子「……あたし、時夫さんの部屋へ行くつもりで来たの。でも――いま、あの二人が、出てくるところ見たら……何だか、気持がスーとした……。もういいわ。時夫さん、あたし凄く楽しかった。さよなら」

時夫（声）「待てよ！」

◆アパート・廊下（夜ふけ）
　電話している時夫。

時夫「いま、どこにいるの、え？――前の電話ボックス。すぐいく！」

　ガシャンと切って、とび出す時夫。

◆電話ボックス（夜ふけ）

とびこんでくる時夫、何もいわず清子を抱きしめるようにする。

手袋のほつれた赤い毛糸を引っぱって、清子の左手くすり指に不器用なおっ立て結びをつくる。

清子「──どういうイミ？」

時夫「結婚しようってイミ」

清子、時夫の胸におでこをすりつけるようにして甘える。

さつきが有吾に甘えたのと同じ形。

──木枯し。

◆宇治原家・茶の間（夜ふけ）

ねまきの上にどてらを着た湯上りの有吾。

これから湯に入ろうという感じのさつき。

有吾「風呂桶、少し洩るんじゃないか」

さつき「また？　こないだ直したのに」

有吾「取替えなきゃ駄目だ、ありゃ」

さつき「頼んだってすぐ来てくれないからねえ」

有吾「買うっていやァ、くるだろ」
　お互いに顔を見ず、ひとりごとのような夫婦のやりとり。
　有吾、耳を指でかきながら、キョロキョロする。
有吾「ええと――」
さつき「耳かき？　あたし使いませんよ。どっかへ置き忘れたんじゃないの」
有吾「いくらもするもんでもないんだから、二、三本まとめて買っときなさい」
　二人、夕刊を振ったりして、耳かきを探す。
　ドンドンと玄関のガラス戸を叩く音。
清子（声）「おじさん！　おばさん！」
さつき「清子さん！」

◆玄関（夜ふけ）
　上りがまちに立って、夫婦の前に左手を突き出す清子。
　赤い毛糸の指輪。
清子「見て！　これ見て！」
有吾「なんだい、こりゃ」
清子「時夫さんがゆわえてくれたの」
有吾・さつき「――」

清子「結婚しようって」
有吾「ほんとか！」
清子「(うなずく)」
さつき「よかった……」
有吾「おめでとう……」
有吾「逆転ホーマーじゃないか！　二死満塁ホームランですよ！」
さつき「ほんと。一体どうしてそういうことに――」
　言いかけて、ハッと気づく。
さつき「やっぱりアパート、行ったのね」
　清子、さつきの視線の意味を覚えハッとなる。
清子「ううん、前まではいったの。でも部屋へは入んなかったわ。おもてで逢ったの。ほんとよ、ほんとよ！」
　有吾、そうだろそうだろという感じで清子の肩を叩く。
有吾「それでわざわざ見せにきてくれたのかい」
清子「(うなずいて)いろいろ有難うございました」
二人「――」
有吾「気の変わらないうちに結婚式だな」

◆イメージ

茶の間に、緋毛氈（もうせん）、金屏風。

ウエディングドレスの清子。

着付けを直してやるさつき。モーニング姿の有吾。

清子「（改まって）おじさん、おばさん」

二人「――」

清子「いろいろありがとうございました」

さつき、泣いてしまう。有吾に、

さつき「なんだか、本当の娘がお嫁にゆくみたいねえ」

有吾もハナをすすっている。

悦子（声）「それだけ喜ばれたんじゃあ、面倒みても張り合いがあるわねえ」

◆茶の間

留袖の衿をつけながら、放心していたさつき。悦子に声をかけられて、ハッと我にかえる。

さつき「そうなのよ。今どき珍らしい気立てのいい子でねえ」

悦子「兄さんも――始めは、軽うく浮気の気持も入ってたんじゃないの」

さつき「ご当人は絶対違う。オレは始めっから、おやじ代りだってそう言ってるけど——」
悦子「そういう義姉さんだって、はじめはちょっぴりやきもち妬いてたんじゃないの」
さつき「（笑ってる）」
悦子「どっちにしても、娘持つ親の苦労が判ったでしょ？」
さつき「おかげさまで、やっと『人並み』になれました」
悦子「ハナシ聞くと、アンタンとこの清ちゃん？——そっちの方が出来てるわねえ、うちの京子なんか、もう——結婚式には会社の人やお友達よぶから、親はすみっこにひっこんでろって態度だものねえ」
さつき「——あたしたちも、判ったもんじゃないわよ」
悦子「式はいつなの」
さつき「さあ、ここンとこ、顔見せないのよ。なんかおムコさんの田舎の方へ顔見せにいったってハナシは聞いてるんだけど」
悦子「フーン」
さつき「お祝いのこともあるから、あとで電話してみるわ」
　式服用のぞうりを箱から出している悦子。
悦子「じゃ、悪いけど、拝借するわね」
さつき「どうぞどうぞ。それで、あたし——あたしたちは十一時に式場へゆきゃいいわね」

◆「味覚天国」編集部

例の壁ぎわの机にすわって、校正の赤ペンを走らせている有吾。

うしろに竹田、緑、カメラマン、二、三人の編集部員。

有吾のイメージの中にパチパチと盛大な拍手。越天楽のメロディがうすく流れ出す。

有吾「(イメージのスピーチ)えー私、花嫁の父親代りをつとめます、宇治原でございます。

私ども夫婦とこれなる花嫁との出会いは、まさにテレビドラマよりも奇なりと申しましょうか、子宝にめぐまれなかった私共夫婦にとりまして、花嫁は、短いつきあいではありましたが、可愛い一人娘でございました」

◆イメージ

茶の間に緋毛氈、金屏風。

文金高島田の清子がすわっている。紋付袴の有吾、留袖のさつき。

清子、しとやかに両手をついて別れのあいさつ。

清子「おじさん。

おばさん」

二人「——」
清子「いろいろありかとうございました」
　嗚咽する有吾とさつき。
緑（声）「宇治原さん、宇治原さん」

◆編集部

　宇治原の肩を叩く緑。
緑「編集長が——なんかおはなしがあるみたいよ」
有吾「え？　ああ——」
緑「ハナが出てます」
　カメラマンたち、編集長のデスクをうかがいながらヒソヒソばなしの感じ。
　松葉杖の竹田と有吾。
有吾「それはテイのいいクビじゃないか」
竹田「そんな風に取られると困るなぁ。『青物ウイークリー』のほうから、誰かベテラン廻してくれないかって頼まれたもンだから」
有吾「（何かいいかける）」
竹田「うちじゃあ、宇治原さんのせっかくの博学も宝の持ちぐされだし、ひとつこのへんで編集長としてバーンと」

有吾「スーパーの屋根裏の編集長か！　ハハ」
　有吾、顔をこわばらせて笑うと――
有吾「どしてハッキリ言わないんだ。広告もらってる店は、おいしいおいしいとほめて
　書いてもらいたい。それがいやならやめてくれって」
竹田「宇治原さん」
有吾「孫みたいな女の子連れて、取材費使って飲み食いして、著者はすっぽかす原稿は
　おっことす。とても面倒は見切れないって――」
　緑たち、あっけにとられて、有吾のうしろに――
有吾「せっかくだが、お情けの就職口はお断わりします。どうも皆さん、長いこと迷惑
　かけて――」
　大見得を切っていた有吾、不意に、沈黙する。
有吾「――（小さく）スマナカッタネエ……と言ってやめられたら、『かっこ』がいい
　んだけどねえ、こう寿命が伸びちゃ――そら一理だ……」
　竹田、松葉杖であるきながら、有吾に近づく。
　自嘲の笑いを浮かべる有吾。
緑「――」
竹田「――こんどはうまくやってよね（声を落して）年考えて、若い子はやめたほうが
　いいんじゃないの」

緑「くさらないで。またいいこともあるわよ」
有吾「くさるどころか。あしたは姪の結婚式。それからうちの娘も近々だからねえ」
緑「あら、宇治原さん、娘さん、いたの」
有吾「――うん。清子といってね」
竹田・緑「え？　あら？」
有吾「あんた達も、早く身固めなさいよ。男も女も、年とって自分の子供がないとさびしいよ」
　素直にうなずく竹田と緑。
有吾「〽高砂や　この浦舟に」
口ずさみながら、引出しを引き抜き中を片づけ始める。

◆宇治原家・玄関

　帰ってくる有吾。
有吾「〽高砂や　この浦舟に　帆をかけてェ」
ガラリと戸をあける。
　上りがまちにさつきが立っている。
　こわばった表情。
有吾「なんて顔してンだ」

さつき「清子さん——今日が結婚式ですって」
有吾「え？」

◆茶の間（夜）

和服に着がえた有吾、飲んでいる。
さつきものむ。
壁にモーニングと留袖がかかっている。
さつき「どうしてるかと思って、勤め先に電話したら——今日が式だっていうじゃないの」
有吾「ハーン」
さつき「なんでもね、オムコさんのおじいさんが体の具合が悪いとかでね、式、急いだんですってさ」
有吾「フーン」
有吾、自分の中のさまざまな気持を押さえ、黙って飲む。
さつき「いくら急いだって、知らせるぐらい知らせたっていいじゃないの」
有吾「………」
さつき「だれのおかげではなしがまとまったのよ」
有吾「——」

さつき「心細いときは寄っかかって、いらなくなるとひとことのあいさつもなしにポイなんだから」
有吾「今の若いもンは、こんなもんだよ」
さつき「肩入れして、ソンした――やっぱり他人は他人なのねえ」
有吾「いやあ、悦子もいってたじゃないか、ほんとの親と子だって、小さいうちが花、一人前になりゃ、親はじゃまなんだよ」
さつき「なんだか本当の娘が出来たみたいな気持でいたのにねえ」
有吾「たとえいっときでも、楽しい夢を見させてくれたんだ。いいじゃないか」
さつき「そう言やあ、そうだけど……」
有吾「もともと、ゆきずりにひょいとかかわった他人同士なんだよ、もとの形にもどっただけさ」
さつき「………」
有吾「〽高砂や　この浦舟に帆をあげて（低唱する）」
さつき「あんたもせっかく、練習したのにねえ」
有吾「（うたいつづける）」
さつき「やめて下さいよ、なんだか腹が立ってきたわよ」
有吾「まあ、怒るな、こりゃ、もともとジジイとババアのうたなんだよ」
さつき「高砂がですか」

有吾「九州阿蘇の神官が、都へ上る途中、高砂というところへ、立ち寄るというハナシなんだよ」
さつき「あら、高砂って場所の名前なの」
有吾「そこで相生の松、つまり一本の根っ子から幹が二本になっている松だな。そのめでたい松の精であるところの尉と姥に」
さつき「ああ、結納にのっかってるほうきで松葉はいてる」
有吾「あの二人にあって、人生についての教えを乞うというんだからねえ」
さつき「尉と姥ねえ」
　酒をつぐ。
さつき「この姥は落第だわねえ」
有吾「うん?」
さつき「子供生んであげられなかったもの」
有吾「いやあ、尉のほうも――(言いかけて、言いよどむ)
　おう、仕事、変るぞ」
さつき「じゃあ、今のとこ――」
有吾「青物ウイークリーの編集長へご栄転だ」
さつき「青物……(言いかけて、左遷の意味を覚る)」
有吾「三十年前か、その男のアパートへ行かなかったのが、運の尽きだったたねえ」

さつき「(フフと笑う)　本気にしてたの」
有吾「おい……」
さつき「今の若い子見てると、こっちもそのくらいのこと、言いたくなるじゃないの」
　わざとおどけを言うさつき。有吾は妻のいたわりがうれしい。辛い。
有吾「………」
　有吾、さつきのグラスについでやる。
有吾「……かげながら娘に乾杯してやろうじゃないか」
さつき「(うなずく)」
　二人、カチリと合わせて、
二人「おめでとう」
　のみかける有吾。
さつき「それから——就職、おめでと！」
有吾「——」
　ぐいとのむ有吾。
　さびしい二人。
　SE　電話がなる
さつき「宇治原です」
清子 (声)「モシモシ、清子です」

さつき「清子さん」

　有吾ひったくる。

有吾「モシモシ、今日結婚式だったんだって」

清子（声）「急に時夫さんの田舎で式あげることになったの知らせなくてごめんなさい」

有吾「いいんだよ、そんなことは」

さつき「（割りこんで）モシモシ」

清子（声）「モシモシ、あのね（咳払い）あの——『お父さん』」

有吾「お父さん」

清子（声）「お母さん」

さつき「お母さん」

清子（声）「いろいろ有難うございました」

　顔をくっつけあうようにして聞いている夫婦の目に涙が浮んでくる。

二人「———」

清子（声）「フフ。いっぺん言ってみたかったんだ」

二人「清ちゃん、おめでとう」

有吾「——辛いことがあったらいつでもおいで」

清子「———」

さつき「——待ってるわよ」

二人「（小さく）いっぺん言ってみたかったんだ」
有吾「おい、孫が生れたら、みせにおいでよ」
清子（声）「ハイ！」
　涙の目で大笑い、電話の向うの清子もたのしそうに笑っている。

◆庭（夜）

　チラリ、ホラリと白いものが降りはじめる。

◆茶の間（夜）

　同じようなしぐさで涙を拭き、ハナをかんでいる有吾とさつき。
　すっかり機嫌の直った夫婦。
さつき「（うれしいくせに）都合のいいときだけお父さん、お母さんなんだから」
有吾「そんなもんだよ」
さつき「それにしてもアンタも気が早いわねェ。もう孫の心配――（言いかけて）やだ。
　孫だって――」
有吾「孫でいいじゃないか」
さつき「どうせ、お七夜だの、七五三だのって、たかられるわよ」
有吾「それもよし、これもよし。――お、降ってきたなあ」

さつき「初雪だわ」
有吾「今年もいい年になりそうじゃないか」
夜の初雪、だんだんと白さを増して、そろそろ髪に白いものの目立ちはじめた夫婦をはなやかにいろどっている。

眠り人形

TBS　東芝日曜劇場
1977年7月3日
21時00分〜21時55分放送

◆おもなスタッフ
プロデューサー——石井ふく子
演出——鴨下信一

◆おもなキャスト
園部三輪子（長女）——加藤治子
矢島真佐子（次女）——長山藍子
守屋周一（三輪子、真佐子の兄）——船越英二
守屋洋子（周一の娘）——幸真喜子
園部友彦（三輪子の夫）——林昭夫
矢島武男（真佐子の夫）——あびる啓二

◆道

駅前通り。

日曜の歩行者天国を呼びかけるアナウンス。

家族連れの雑踏の中を園部三輪子（45）が歩いてゆく。

くたびれたズボンとブラウス。

先のとがった流行おくれの中ヒール。

ゆとりのない暮し向きのうかがえるそそけ髪。

もとは美しかったであろう顔立ちは、今はやつれの方が目立っている。

放心して歩いている三輪子に、先輩の主婦が声をかける。

主婦「あいてますよ」

三輪子の和服用の大型バッグが、大きく口をあけている。

三輪子「え？　ああ、どうも」

反射的にニコッと笑う。

バッグの口をしめ二、三歩行って、ハッと気づく。

ひどくあわててバッグの中を改める。

路上にペタンとしゃがみ、中のものを路に並べるようにして、一枚の航空券をたしかめてほっとなる。

◆回想・三輪子の家（夜）

　お粗末なモルタルアパート。
　夫の友彦（うしろ姿・45）が、三輪子の前に飛行機の切符を二枚置く。
　行先は大島、三輪子は水をくぐった浴衣姿。

三輪子「大島……（ほっとして笑う）真に受けて損した。日曜のおひるまでに、なんとかしないと、手がうしろへ廻るなんておどかすんですもの。やだ……。いっぺん行ってみたかったんだ、三原山。ねえ、火口のとこのぼるの、今でもラクダなのかしら」
友彦「遊びに行くんじゃないよ」
三輪子「え？」
友彦「こういう時は、子供のない方が気が楽だな」
　三輪子、事態をさとる。
　何か言いかけるが絶句して声にならない。
友彦「――お前は来なくてもいいんだよ」
　友彦の長い指が二枚の切符をもてあそぶ。
友彦「一人で行くつもりだったのにさ、カウンターに立ったら『大島二枚』そ言ってるんだ。（自嘲して）意気地がないね」
　三輪子、奪うように一枚を取る。

突然スッ頓狂(とんきょう)な声を出す。

三輪子「思い出した!」

友彦「(たばこをさがす)」

三輪子「一番先にね、三原山に飛び込んで心中したの、女学校の先輩なんだ。心中ったって、女同士だけど。そうよ、お作法の先生がいってたわァ。新聞沙汰になって学校の恥さらしだったたって。『皆さんはこんな真似だけはなさいますなよ』ここんとこ(鼻の下)、ひげはやしたオールドミスのおばあちゃんでさ。ええと、うん! 生沼(おいぬま)先生! もう亡くなったろうなあ」

三輪子、やたらにエヘエへ笑う。

友彦、たばこをくわえる。

三輪子、マッチをする。

つける妻の手も、受ける夫の手も、小刻みにふるえている。

三輪子「アチチチ……熱いの、弱いな。どうせ飛び込むンなら、海の方がいいなあ」

友彦「――――」

三輪子「何、着てこうかなあ」

三輪子、急に凍りついた顔で、

三輪子「――本当にこれしか仕方がないの」

友彦、切符のまわりをマッチの棒でとり囲む。

友彦「八方ふさがり」

三輪子、その一方を崩して、

三輪子「あした、成城のうちへ行ってみる。兄さんに事情話してお金の工面（言いかける）」

友彦「百万、二百万の金じゃないからね、言うだけ無駄だろ」

ごろりと横になる友彦。

友彦「そのひまに美容院でも行っといで。そのくらいの金は残ってるだろう」

三輪子「どっちにしても成城のうち見ときたいの」

◆守屋家・表

戦前の古いうち。

守屋周一の表札。

少し離れたところに立ってじっと見る三輪子。

三輪子（声）「生れて育ったところですもの。見納めになるかもしれないし」

いきなり、声がかかる。

関根夫人「三輪子さんじゃないの」

隣りの生垣の向うで、麦ワラ帽子、タオルで口をおおって、殺虫剤を撒（ま）いていた関根夫人（65）。

三輪子「あら、お暑うございます」
関根夫人「お暑う。お変りない」
三輪子「おかげさまで」
関根夫人「そうお、それはそれは」
三輪子「おじさま、お具合は」
関根夫人「相変らず。糖尿って、ハタが辛いわねえ。向うは食べたい、こっちは食べさせちゃ大変。もう一軒のうちで敵味方……」
三輪子「(笑う)」
関根夫人「たまには、顔見せてやって頂戴よ。主人は三輪子さん、ひいきだったんだから」
三輪子「ありがとうございます。それじゃあ(失礼します)」
関根夫人「ごゆっくり」
　入ってゆく三輪子。
　見送る関根夫人のうしろに嫁の和子。
関根夫人「変ったわねえ」
和子「?」
関根夫人「——上のお嬢さん……」
和子「ああ……」

関根夫人「こんな時分から知ってるけど、まあきれいなお嬢さんだったわねえ」
和子「あの人がですか」
関根夫人「一年に三つずつ年とってるわね。ご主人の仕事運が悪いらしくてね、パートでひとのうちに掃除に行ってるらしいって、お隣りの奥さん……」
和子「へえ……」

◆守屋家・玄関

細目にあける。

くつぬぎに来客らしい女物の草履がみえる。

三輪子、裏へ廻る。

関根夫人（声）「人間の運なんて判んないわねえ。下のお嬢さん、真佐子さんていうんだけどね、きりょうも、お嫁に行った先もお姉さんよかぐんと下だったのに、今じゃ、逆だものねえ」

飛んでいる洗濯物をひろって竿にかけ、とめ直している三輪子。

洗濯ばさみの具合が悪いらしく、また落ちてしまう。

関根夫人（声）「ご主人がやり手なのね、酒屋をスーパーにしたのが当って凄い羽振りらしいのよ。女ってのは、肩をならべる男次第だっていうけど、ほんとねえ、この頃じゃ妹さんの方が女としても上にみえるものねえ」

◆守屋家・茶の間

　矢島真佐子（38）が来て、兄の周一（52）としゃべっている。
　明らかに金のかかった着物。
　バッグから取り出すハンカチもレース。
　指には大きな石が光っている。

周一「別れるつもりかい」
真佐子「今度は浮気じゃないもの。本気だもの」
周一「そん時は、本人もまわりもカーとのぼせてるからさ、そう思うんだよ。あとにな
　ってみりゃ——ええと、茶筒は」
真佐子「お茶なんかいいわよ。兄さんお願い、今晩からここ、置いて」
周一「急にそんなこといったって——ええと、茶筒は——」
　探し始めたので気になる周一、キョロキョロしながら、
周一「一晩でもうち空けたら、はなし、こじれるぞ」
真佐子「ううん、ハッキリしていいわよ。あたしの部屋、どうせお納戸（なんど）代りにしてるん
　でしょ、あたし、かたすから（立ち上りかける）」
周一「待ちなさいよ、けい子もいないしさ、わたしの一存じゃいかないよ」
真佐子「食費はちゃんと払うわよ、そのつもりで、ほら」

ボストンバッグをあけようとする。

周一「（中腰で）金の問題じゃないよ。こっちだって、人間一人送り出そうって騒ぎなんだからねえ」

真佐子「そりゃ妹より娘の方が大事でしょうけどさ」

勝手口から三輪子の声。

三輪子（声）「おじゃまするわよ」

真佐子「お姉さんだ」

周一「三輪子……」

真佐子「いまのはなし、お姉さんには」

周一「――真佐子」

真佐子「（必死）片づいてから言いたいの」

真佐子、ボストンバッグを食卓の下に押し込む。

上ってくる三輪子、ゆとりをみせておどけながら、

三輪子「お暑うござんす」

真佐子「（これもおどけて）お暑うござんす」

三輪子「真佐子――お客さんかと思っておだいどこから入ったら、なあんだ、あんただったの」

真佐子「すみません」

三輪子「お義姉さんは？」
周一「出かけてンだよ。洋子と一緒にね」
真佐子「洋子ちゃん、決まったんだって」
三輪子「決まったって――結婚？」
周一「うむ……」
三輪子「それは、おめでとう。そうお。それで、式は、いつなの、日取り――」
周一「まあ、涼風が立ってからってことで――今日も、式場のことで出掛けてるンだよ」
三輪子「そうお。よかったじゃないの」
言いかけて、真佐子がかさばった風呂敷包みをあけようとしているのに気づく。
以下女二人は、明るく、くったくのないやりとり……。
三輪子「――こういうことは、おんなじに言ってほしいわね」
二人「え？」
三輪子「そりゃ、あたしンとこは、真佐子のとこみたいに日銭の入る商売じゃないから、大したお祝いも出来ないわよ。でもねえ、同じ姉妹でしょ。一人が知ってて一人が知らないってのは」
周一「何いってンだよ」
真佐子「違うわよ。あたしだって、今聞いたのよ」

三輪子「お祝い持ってきたんじゃないの」
真佐子「結婚祝いにメロン持ってくるバカ、ないでしょ」
三輪子「メロンか……」
真佐子「ひがまないでよ」
周一「おい（よせよ）」
三輪子「『ひがむ』って字、どう書くんだっけ」
真佐子「『ひがむ』はね、ええとリッシンベンに」
三輪子「リッシンベン？　ニンベンじゃないの」
　二人、指で――
周一「二人とも、書きとりなら、うち帰ってやンなさいよ」
二人「へへへ」
三輪子「メロンのあとで、出しにくいが、エイッ！」
真佐子「商売ものだけど（メロン）」
真佐子「何じゃ、これは」
三輪子「水ようかんでござる」
周一「さっそく招ばれるか」
二人「どっち？」
周一「――水ようかんでいいじゃないか。メロンは、みんな帰ってからで――」

二人「何時に帰るの」
周一「夕方にゃ帰るだろう」
二人「夕方ねえ」
周一「二人ともゆっくりしてっていいんだろう」
二人「ううん」
三輪子「真佐子、やせたんじゃない？」
真佐子「人、使ってるとね、気苦労が多いんざんすよ」
三輪子「その分、入るからいいじゃございませんか」
真佐子「でもねえ、こうよ」
　真佐子、左手を出す。指輪がゆるくなっているらしく食卓に落ちる。
　大粒のダイヤ。
三輪子「大粒だなあ。（さわって）重くて持ち上ンないや。お宅のスーパーマンはお元気なの」
真佐子「個人のスーパーは元気でないとやれませんの。（はめて）兄上はどうなの」
三輪子「お変りないようですねえ」
周一「それが一番じゃないか。いま、お茶を、どっこいしょと」
三輪子「真佐子。（目で立てと言っている）」
真佐子「今度は、長女に生れよう」

三輪子「(手で制して) 気がつきませんで。お召し物の方、働かしちゃ悪いわ」
真佐子「いいえ、ほんのオネマキですから、ご心配なく」
三輪子「本当の衣裳持ちはね、こういう『かっこ』してるの。いいからいいから」
　三輪子、立って台所へ行く。
　鼻唄をうたいながらヤカンをかけたりしている感じ。
真佐子「――ねばるのかな (お姉さん)」
周一「さっきのハナシだけどさ。(あっちにも) 相談したほうが (いいんじゃないのか)」
真佐子「(固い表情で首を振る)」
　台所から、ハナ唄まじりのくったくのない三輪子の声が聞こえてくる。
三輪子 (声)「どんな人なの」
周一「え?」
三輪子 (声)「オムコさん!　洋子ちゃんの。この前言ってたお兄さんの会社の人?」
周一「そうじゃないんだよ」
三輪子 (声)「年いくつなの?」
　どうやら、あまり心浮きたたぬ縁組らしい周一。
　真佐子、何か答えかける周一に、声を殺して言う。
真佐子「何ていわれても、あたし戻らない覚悟で出てきたんですからね」

三輪子（声）「ねえ、トシ、いくつなの」
周一「二十三！」
三輪子（声）「三十三？」
周一「二十三！」
真佐子「いまならまだやり直し、きくもの」
周一「そういうハナシは、ちゃんと落着いて」
三輪子（声）「商売なんなの」
　のぞく三輪子。
三輪子「商売なんなの、って聞いてンの」
周一「そういうハナシは出たり入ったりしないで落着いて」
三輪子「兄さん、こっち来りゃいいのよ」
　三輪子、周一をひっぱるようにして、
三輪子「うず巻きのお皿、どこだっけ」
周一「うず巻きの皿？」
三輪子「あれ、水ようかんにうつりがいいのよ」
真佐子「お皿なんかなんだっていいじゃないの」
三輪子「うち、帰った時ぐらい、娘時代に使ったお皿でさ、気分出したいじゃないの」
　三輪子と周一、台所へ。

◆台所

　三輪子と周一。

周一「うず巻きってどんなんだ?」

三輪子「水色のガラスの――こないだも、お義姉さん、使ってたわよ」

　といいながら、別人のように固い顔で声をひそめて、

三輪子「――真佐子、用で来てるの」

周一「うむ、いや……」

三輪子「帰してよ。話あるのよ」

周一「そんなこといったって」

真佐子（声）「メロン、冷やしといたほうがいいんじゃないの」

三輪子「（茶の間に聞かすように）ねえ、正直いってどんな気持? 一人娘をオヨメにやるのって。――（小声ですばやく）おねがいがあるのよ」

周一「なんだよ」

三輪子「（小さな声で）花嫁の父の――（言いかけて声のコントロールを間違えたことに気づく。大声で）花嫁の父のご感想はいかがですか!」

真佐子（声）「決まってるじゃないの。うれしさ半分、さびしさ半分」

　メロンを手に入ってくる真佐子。

真佐子「そうでしょ、お兄さん」
周一「まだ実感はないけどね」
真佐子「そのうちに——あ、あるじゃないの、うず巻きのお皿。ほらそこ」
三輪子「あ、なんだ、ハハ」
　三輪子、水ようかんをガラス皿にのせながら、
三輪子「好きだったわねえ、水ようかん」

◆座敷

　仏壇に水ようかんを供えながら、どなっている三輪子。
三輪子「ねえ！　ロウソク切れてるけど、新しい箱、どこに入ってンの」

◆台所

　周一と真佐子。
三輪子（声）「ねえ、おろうそく！」
周一「ろうそく？」
真佐子「（どなりかえす）引出しみりゃあるでしょう。ロウソクつけなくたって、おりんだけ叩けばいいじゃないの。（周一に）養子じゃあるまいし、兄さんがいいっていえば、お義姉さんだっていやとはいわないわよ」

周一「一軒のうちってのは、そういうもんじゃないよ。第一、出るのひっこむのってハナシは、武男君もまじえて、よく話し合って」

三輪子（声）「兄さん、ちょっと見てよ」

周一「いま、いくよ！」

真佐子「もう。ハナシも出来やしない。ヘッピリ腰で子供のハナシ、したってしょうがないでしょ。早くいってらっしゃいよ。（ひとりごとで）――お姉さんときたら何でも自分がイチなんだから」

◆座敷

仏壇の引出しからロウソクの箱を出している周一。

周一「いくらあるんだ」

三輪子「使い込みじゃないのよ、会社のためにお金を操作したら、急に会計検査があって、それで」

周一「そんなことよか、金額！　いくらなんだ」

三輪子、リンを一つ叩いて周一の顔を見る。

周一「百万か」

うしろから真佐子の声。

真佐子「あら、百万じゃオヨメさんムリよ、ヘタしたらご披露だけでそのくらいかかっちゃうわよ」
周一「すぐいくから。お茶いれてなさいよ」
　周一、追っぱらって、
周一「なんだ百万か（言いかける）」
　三輪子、泣き笑いといった顔で、周一の目を見ながらリンを叩く。
周一「二百万……」
　兄の目を見ながら、次々とリンを叩く三輪子。
真佐子（声）「いくつ叩いてンのよォ、暑っ苦しいなあ」
周一「六百万、七百万……」
　十二回叩き終る。
　呆然（ぼうぜん）とする周一。
周一「千二百万……」
三輪子「凄いでしょ（笑っている）」
周一「……期限は」
三輪子「あしたのおひる」
周一「無理だよそりゃ。どしてもっと早く手を打たなかったんだ。友彦君、何してたんだ」
三輪子「やったけど、駄目だったのよ」

周一「うちだって洋子の結婚ひかえてるしねえ。第一、一介のサラリーマンじゃとてもとても（言いかけて）真佐子のところなら、なんとかなるんじゃないのか」
三輪子「お兄さん、駄目？」
周一「ケタがちがうよ、オレから真佐子に（言いかける）」
三輪子「（首を振る）」
周一「姉妹じゃないか」
三輪子「だからやなのよ。――今のハナシ聞かなかったことにして」
周一「工面出来なかったら、友彦君（どうなるんだ）」
　三輪子、笑いながらリンを一つ叩く。
三輪子「ナムアミダブツ」
周一「縁起でもないこというな」
三輪子「冗談よ」
真佐子（声）「ねえお茶入ってるわよォ」
　三輪子、陽気に出てゆく。
三輪子「お茶よかさ、ビール招ばれたいな！」
真佐子「ああ、いいわねえ」
周一「――」
　周一、表面はくったくなく振舞っている二人の妹の姿に暗然となる。

F・O

◆茶の間

ビールをつぐ真佐子。

三輪子、周一。

三輪子「では、洋子ちゃんの結婚を祝って」

真佐子「乾杯！」

二人「おめでとう」

三つのグラス、ぶつかる。

女二人は、妙にうわずってはしゃいでいるが、周一は弾めない。

真佐子「どしたのよ、お兄さん、冴えない顔して」

三輪子「娘はとられる、お金は出てく。いい顔出来ないわよね」

真佐子「でもねえ、お兄さん結婚式だけは、披露宴だけは、ケチらないでよ。帝国ホテルで、フルコースでやるか、なんとか会館で折づめでやるか、一生の思い出がちがってくるんだから」

周一「そりゃねえ、三輪子のときはお父さん全盛のときでさ、真佐子の時は下り坂だったから」

真佐子「やろうと思えば同じに出来たわよ。借金したって」

三輪子・周一「それはねえ」
真佐子「引き出ものだって、お姉さんときは、銀のシガレットケースで、あたしのときは、おまんじゅうだもの」
周一「出だしはまんじゅうだって今がダイヤならいいじゃないか」
　周一、言ってからしまったと気づく。
三輪子「さすがは長男だ。いいこと言うなあ」
周一「いや、まあ、ダイヤで女のしあわせが計れるもんじゃないけどさ」
三輪子「いいえ。計れますよ。一カラットよりは二カラット、二カラットよりは三カラット、いざって時、お金にかえられると思うだけで心強いわよ」
真佐子「(ギクリとする) いざってどういう意味よ」
三輪子「『いざ鎌倉』バターンてさ」
真佐子「店、つぶれるって言うの」
三輪子「死に別れとか生き別れとか——」
真佐子「そりゃ、ないとは言えないわよね」
三輪子「どっちにしても、慰謝料、先にもらって指にはめてるようなもんよ。女のしあわせじゃないの」
真佐子「やあな言い方……」
三輪子「フフフ失礼いたしました」

周一「酔っぱらうほどのんでないだろう」
三輪子「酔いたいと思って飲めば水道の水だって酔っぱらいますよ、ヒクッ！」
周一「塩豆があったなあ（立とうとする）」
真佐子（「食べにきたんじゃないから」
三輪子「奥歯にはさまるのよ、あれ」
周一、二人の妹にビールをつぐ。
二人、ぐいと飲む。
三輪子「そうか。洋子ちゃんも、いよいよおヨメさんか」
真佐子「お祝い、なにがいい」
三輪子「そうだ、お祝い」
周一「いいよ（小さく）それどころじゃないだろ」
三輪子「いいってわけにはいかないわよ」
真佐子「やっぱし、お金かなあ」
三輪子「そりゃお金よォ。（言いかけて）あんまり張り切らないで頂戴ねえ」
真佐子「あら、いつだってさ、お姉さんしのがないように気遣ってるわよ」
三輪子「気遣ってる人が、実家へ遊びにくるのに、ダイヤはめてメロンもってくるの」
真佐子「あたし、遊びにきたんじゃないもの」
三輪子「じゃなにしにきたの。見せびらかしにきたの」

真佐子「お姉さんくるなんて思わないもの」
周一「二人ともきょうだいげんかする年じゃないだろ。ヨイショ」
三輪子「長い一生にはねえ」
真佐子「どこいくのよ」
周一「やっぱり塩豆を」
真佐子「いいっていってんのに」
三輪子「（力説してしまう）大体、塩豆というものは」
二人「え？」
三輪子「間違えたでしょ。長い一生ってのはねえ」
二人「（少しおかしい）（なんなのよ）（なんだよ）」
三輪子「照る日曇る日あるんですからね、ちょっといいからってアンタ」
　このあたりから、庭で猫のけんか。
　三人、話しながらチラチラと気にする。
　うなり声。かなり烈しくやり合う。
真佐子「うわ、すごい」
三輪子「なにもすごくないでしょ」
真佐子「猫のことといってんのよ――どこの？」

周一「また汚しやがった。ブチはとなりだよ、あっちの黒いのは、ありゃ」
真佐子「メス同士じゃないの」
周一「猫のケンカはオスだよ」
真佐子「お姉さん、メロンメロンて言うけどねえ、あれ、親指メロンなのよ」
二人（「なによ、それ」
　　「なんだい、そりゃ」
真佐子「うちのお客が、熟してるかどうか親指で押してたしかめるのよ。指のかっこにへこんだの、売物になンないでしょ」
周一「それで親指メロンか」
真佐子「メロンぐらいで、声、ふるわせないでよ」
三輪子「栄養が悪うござんすからね、声も震えンでしょ」
周一「キリギリスじゃあるまいし、なに言ってんだ」
　真佐子、見る。
真佐子「――洋子ちゃん、よかったわよ一人っ子で」
三輪子「あたしも、いまそれ、言おうと思ってたのよ」
真佐子「可愛がられた人が、何をおっしゃってンの」
三輪子「え？」
真佐子「お父さん、お姉さんのこと、自慢だったものね。子供ンときから、どこいくんでも三輪子三輪子。一緒に連れてって、うちへお客様きたときだって、ごあいさつに出るのはお姉さんだけ」
　真佐子、後ろに周一。
周一「お前が小さかったからだろ」
真佐子「お姉さんは『キレイなお嬢さん』あたしは『かわいいお嬢さん』、あたしのかわいいはお義理だったわよ。チョコレートだって勉強部屋だって、お姉さんは大きい方とるのが当り前。あたしは、お姉さんのとった残りで」
周一「どこだって、下はそうだよ」
真佐子「うちほどじゃないわよ」
三輪子「とったとったって、人聞き悪いなあ」
真佐子「だって、そうだもの」
　いったん出て行った感じの猫、またもどってきて、烈しくやりあう。
周一「シッシッ！　こら！」
三輪子「なにとったのよ」
真佐子「忘れたの。とったほうは忘れて、とられたほうは覚えてるもンなのよ」
三輪子「なによ、いってごらんなさいよ」
真佐子「いいましょうか」
周一「なにも、二十年前の被害届け、出すことないだろ」

真佐子「数え切れないほどあるけどさ、そうよ。猫よ！」
二人「ネコ？」
真佐子「七五三のお祝いだったわね。浦和のおばさんに、お姉さん、黒猫のハンドバッグでさ、あたしが眠り人形もらったの覚えてないの？」
周一「そんなの、あったか？」
三輪子「黒猫のハンドバッグ、黒猫のあッ！　ビロードの、しっぽのついた」
真佐子「背中にチャックついてさ」
三輪子「うん！　目ンとこに赤いガラス玉が、埋まってる」
真佐子「夜なんか光るの」
三輪子「あの頃、はやったのよ！」
二人、けんかしているくせに、昔を思い出して、懐しくなる。
三輪子「あれ、すぐ目玉とれちゃうのよ、ブラ下ってさァ（笑う）」
真佐子「目玉がブラ下ってシッポがとれたら、お姉さん、あれ、あたしにくれて、眠り人形ととりかえちゃったのよ」
三輪子「そうだったかな」
真佐子「あの眠り人形、すごく好きだったのよ」
三輪子「そんなら、やだっていやあいいじゃないの」
真佐子「言えないよ。そういう時のお姉さんて、うまいんだから。気がつくと、スーととられてるのよ」
周一「そういうとこあるね、三輪子は」
真佐子「覚えてないかなあ、これくらいの日本人形で――」
三輪子「ここンとこ（おでこ）カパッとのりのついたおかっぱの――」
真佐子「そうよ。赤い麻の葉の着物着てたのよ」
三輪子「まっ白い顔して、ちょっと口あいて、横にすると、キロンて音して、目つぶるのよ」
真佐子「そうよ。下から、キロン、マブタが上るのよ」
三輪子「あれ、死んでるみたいで、ちょっとこわかったなあ。おなかンとこに、このくらいの――あれなんての、オヘソ？」
真佐子「笛よ、笛が入ってて――押すと」
二人、自分のみぞおちを押して白目を出す。
日本人形特有の奇妙な声を出して、
二人「アー」
周一「いい年して、なにやってンだよ」
真佐子「あれだけは、まだ目の中に残ってるわね。とられて、口惜しくてね、夜、フトンの中で泣いたもの」

二人（「キロン」
「アー」
白目を出してふざけながらの二人。
周一「よしなさいよ、気持悪い」
二人（「キロン」
「アー」
周一「そういうの、きらいなんだよ」
SE　玄関のチャイム
二人「あ、お義姉さんたち、帰ってきた。ハーイ！（腰を浮かす）」
男の声「守屋さん、小包み！」
二人「ハーイ！」
三輪子「お中元だな」
出ていく二人。
周一「ハンコ、下駄箱の上だよ」
周一、三輪子の袖を引っぱって、
周一「（小さく）さっきのハナシ、いいのか。金のハナシ」
三輪子「アー」
三輪子、ふざけて出てゆく。

◆玄関

配達員が細長い大きな包みを差し出している。
三輪子と真佐子、出てくる周一。
真佐子「不足料金？　おいくらなの」
配達員「百七十五円なんですけどねえ」
周一「不足料金、誰だ。気がきかないねえ。百七十五円ねえ。ええと財布は」
真佐子「細かいの五十円しかないなあ」
三輪子「細かいんなら任しといてよ。大きいのは駄目だけど、細かいのなら――」
三輪子、茶の間にもどってゆく。

◆茶の間

バッグから小銭入れを出して、中を改めながら出てゆきかける。
三輪子「ええと百七十五円――」
足りないらしい。
三輪子「二十円足ンないな（呟く）」
三輪子「ちょっと失礼」
ことわりながら、真佐子のバッグの中をあけて、アッとなる。

無造作に押し込んだ一万円札、千円札が、かなり沢山入っている。そして、預金通帳も。

反射的にパチンとしめる。

三輪子「すみません。おつりありますかあ」

出てゆく三輪子、柱にしたたかぶつかってしまう。

◆玄関・表

ハナ唄まじりで帰ってゆく配達員（自転車）。

◆納戸

四つ五つの小包みを小部屋へ運び込んでいる周一と真佐子。

真佐子「ハムとウイスキー、ウイスキーとカンヅメのつめ合わせ。芸がないなあ」

周一「お前ンとこのスーパーがもうかるわけだよ」

真佐子「ほんと、かなり来てますねえ」

山になっている御中元。

周一「三輪子、もってくか。友彦クンにウイスキー」

真佐子「あら、奥さまに聞いてからの方がいいんじゃないの」

周一「――居候とウイスキーはちがうんだよ。おい、三輪子はどした……」

周一を引っぱる真佐子。
真佐子「ここでいいんだから、置いて頂戴よ」
周一「お前の方もなんだけどねえ、あっちの方が」
真佐子「あっちって、なによ」
周一「三輪子に突っかかるんじゃないよ」
真佐子「向うが突っかかるんじゃないの、どうかしてるわよ。——友彦さん、浮気でもしてンじゃないのかな」
周一「——浮気なら、いいんだけどね」
真佐子「え？」

◆茶の間

三輪子が憑かれたように真佐子のバッグから、中の通帳を出して額面をみる。
三輪子「八百七十万——」
三輪子、無雑作に投げこまれた一万円札、千円札をつかみ出す。
三輪子「（呟く）ハンコ、ハンコ」
中をさぐっていた三輪子、ハッとして凍りつく。
うしろに立っている周一と真佐子。
周一「三輪子……」

真佐子「お姉さん……」

三輪子「――」

真佐子「――お姉さん……眠り人形じゃないのよ。いかに姉妹だって、お金や通帳（言いかける）」

　いきなり三輪子、通帳やハンコをおっぽり出す。

　散らばっている札や通帳の上に、ストンと横になる。

　スッと目をつぶって、
三輪子「アー　アー――」

　みぞおちを押して人形のまねをして、なく。

　その声に嗚咽（おえつ）がまじる。

三輪子「アー　アー」

二人（「三輪子、およしなさい」「お姉さん、やめてよォ」）

洋子（声）「ただいまァ」

真佐子「洋子ちゃん」

周一「洋子」

　はね起きる三輪子。

　金をかき集める真佐子、ザブトンを上にのせてしまう。

入ってくる洋子。大儀そうで元気がない。
洋子「ただいまァ――あら、おばさん」
　洋子、少しヘンなものを感じながら、
洋子「いらっしゃい」
二人「お帰ンなさい」
周一「早かったじゃないか――もう終ったか」
洋子「途中で気分悪くなったから、先帰ってきたの」
真佐子「あ、そうそう洋子ちゃん、決まったんだってねえ、おめでとう」
三輪子「――おめでとう」
洋子「――(口の中でありがと)」
真佐子「それにしても、随分急だったわねえ。びっくりしちゃった」
洋子「うん……」
周一「仕方ないだろ。グズグズしてたらウエディングドレスだか妊婦服だか判らなくなるもンな」
真佐子「え？　え、じゃあ」
三輪子「おめでたなの」
洋子「やだなあ。パパ、言っちゃうんだもの」
周一「いずれは判ること。かくしたって仕方ないよ」

洋子「それにしたってさ、いきなり言うんだもの」
　周一、みごもっている娘に苦いいたわりの視線を向ける。
周一「少し横になってたほうがいいんじゃないのか」
　洋子、ベロを出す。はにかみのまじった笑顔を残して出てゆく。
二人「お兄さん」
周一「みっともないことを打ち明けあうのが、身内ってもんじゃないのかい」
二人「――」
周一「真佐子は、武男君が浮気をしたんで、うち飛び出して来た。三輪子は、あしたまでに金の工面しないと面倒なことになる。正直に打ち明け合った方がいいんじゃないのか」
　三輪子と真佐子がハッとし、おたがいの顔を見つめあう。

◆茶の間

二人「知らなかった……」
　二人、お互いを見合って大きなため息。
真佐子「どーして言ってくれなかったの」
三輪子「そっちだって同じじゃないの」
真佐子「だってさ」

三輪子「上ったとたんに、洋子ちゃんの結婚のこと言われたでしょう。嫌なハナシしにくいわよ」
真佐子「お兄さんには言ったじゃない」
三輪子「そっちだって——」
真佐子「お兄さんもお兄さんよ、どしていってくれなかったのよ」
三輪子「そうよ」
周一「『言わないで』っておっかない顔しておどかすからさ」
三輪子「そうよ」
真佐子「問題が問題でしょ」
三輪子「バカ正直なのよ、昔から」
周一「オレ一人が悪者か」
二人「当り前よ」
三輪子「どんな人なの」
真佐子「この間から、うちの店のレジやってる子とおかしいのよ。クビにしてってていったら、他人でない方が金銭の間違いをされなくていいんだって居直るのよ。あんまり口惜しいから」
周一「レジの金をバッグに放り込んで、とび出したんだろ」
三輪子「武男さん、テレかくしで言ってるのよ、心の中じゃ、手ついてあやまってるわよ。別れるのなんのってのぼせないで」

真佐子「こっちよりお姉さんよ。——千二百万とはねえ」
三輪子「意気地がないのよ、女房にお金の心配させるなんて……」
周一「一人は金の心配、一人は女の苦労」
　電話のベル。
周一「守屋ですが——あ、武男君」

◆矢島スーパー

　赤電話しているジャンパー姿のズングリムックリした矢島武男（40）。
武男「真佐子、そっちへいってないですか」

◆茶の間

　周一に、来ていないといってくれ、というサインを送る真佐子。
周一「真佐子ですか」
　絶対に来ていないと更に強調する真佐子。
周一「来てないけどなあ」
武男（声）「そう。もし、そっち行ったら、すぐ電話するように言って下さいな。——どこに行ったんだろうなあ」
周一「モシモシ」

　電話切れる。

周一「出たほうがよかったんじゃないのか」

真佐子「口、ききたくないのよ。それよか――（三輪子に）そっちの方……」

三輪子「いいのよ、少しおおげさに騒いだら、胸がスーッとした」

二人「――」

三輪子「そうだ、帰る前に洋子ちゃんのぞいてくるわ」

真佐子「お姉ちゃん」

◆洋子の部屋

　ベッドカバーの上に横になっている洋子。

　おでこに手をあてている三輪子。

洋子「ここ、叔母さんの部屋だったんでしょ」

三輪子「（うなずく）」

洋子「あたしぐらいのとき、何考えてた」

三輪子「何考えてたんだか、『もや』の中、歩いていたような気がする」

洋子「どんな洋服、はやってた？」

三輪子「戦争が終ったばっかりだから――かすりやセルのモンペに、白い木綿のブラウスで――ズックの靴はいて、三つ編みのお下げにしてたわねえ……」

洋子「どんな歌、うたってたの」
三輪子「――ねえ、『四ツ葉のクローバー』っての、知らないかな」
　三輪子、小声で思い出し、思い出し歌う。
三輪子「〽うららに照る陽かげに
　　百地（ももち）の花ほほえむ
　　ひと知れぬ里に生（お）うる
　　四ツ葉のクローバー
　　三ツ葉は『希望』『信仰』『愛情』のしるし
　　残る一葉は幸（さち）」
　歌う三輪子。
　聞く洋子。
　ドアがノックされてあく。
　周一が立っている。
周一「どうだ、気分は」
洋子「収まった」
周一「真佐子が、用立てるってさ」
　周一、三輪子を目で招く。

◆階段の下

　　待っている真佐子。
　　周一と三輪子がおりてくる。

周一「いらないって、こんなときに意地張ることないだろう」
三輪子「真佐子、小さい時の敵討ちしてるのよ」
周一「返り討ちになってりゃいいじゃないか。きょうだいだろ」
三輪子「出来ない性分もあるわ。落ちぶれたひがみかな。あ、『ひがみ』ってどんな字だっけ」
真佐子「ヤマイダレに――」
三輪子「真佐子……」
真佐子「フフ、ニンベンに、カべっていう字の土がないのよ……」
　　ＳＥ　ピアノ
三輪子「――誰、ひいてるの」
周一「隣りのオヨメさんだろ」
真佐子「ヒガミにかけちゃ、あたしの方が先輩よ。――もひとつ、言っちゃおかな」
二人「――」
真佐子「あたし友彦さんのこと好きだったの、オヨメさんになりたいと思ってた」

三輪子「――」

SE　隣りのうちで弾くピアノが聞こえてくる

◆茶の間

周一、三輪子、真佐子。

SE　ピアノ

真佐子「友彦さん、あたしのとこへピアノ教えにきてたでしょ。長いキレイな指して、背広の肩のとこからたばこの匂いがしたわ。あたし、ならんですわると、ここんとこ（胸）お湯のんだみたいにあったかくなって、しょっちゅうレッスン間違えてた……」

SE　ピアノ

真佐子「お姉さんは銀行の森本さんだの、復員してきた、なんとか言った色の黒い人――ボーイフレンドいっぱいいたけど、あたしは誰もいなかったし、友彦さんも、あたしと同じ気持でいる――そう思ってたわ」

SE　ピアノ

真佐子「雪のふる日だったな。友彦さん、カゼひいたからレッスンお休みだっていうんで、駅前の方へいったら、お姉さんと友彦さん、手つないで歩いてた。あの晩、すごく泣いて、死んじゃおうかなって、思ったんだから――つきあってた人もいたのに、年下なのに、お姉さんて人のものが欲しくなるのよ――」

三輪子「欲しけりゃ、先にとればいいのよ。残ったみかんが小さいって文句いわれたって」
真佐子「矢島は生活力のあるひとよ。人間も悪くないわ。でも、気持のどこかで友彦さんの長い指とくらべてたのね。あのズングリムックリした指だけは——やだなって思う時があったわ」
周一「そういう気持が態度に出たんじゃないのか。だから、武男君、浮気したんじゃないのか」
真佐子「そうかもしれない」
三輪子「——」
真佐子「——これでおあいこだわね」
三輪子「おあいこ？」
真佐子「あたしも恥かいたんだから、お姉さんもひとつぐらいひけ目をつくったっていいでしょ。（札束と通帳）」
三輪子「おいとまするわ」
周一「金のこと、どうすンだ」
三輪子「言ってみただけ。愚痴こぼしたかったのよ、真佐子と同じ」
周一「ほんとにいいのか」
三輪子「（うなずく）」

周一「じゃァ、ウイスキーとハムつつんでかんか」
三輪子「助かります。（自嘲で）盆暮には、いつもお世話になってンの。本当はね、今日もそれ狙（ねら）って来たんだ」

◆台所

大風呂敷にハム、ウイスキー、カンヅメセットなどを包んでいる三輪子。
手伝う周一。見ている真佐子。
突然、笑い出す三輪子。
三輪子「やだァ、なにしてンだろォ……」
周一「なんだい」
真佐子「どしたのよ」
三輪子「あたしってどしてこう――バカだなあ、バカ！（自分の頭をハムで殴（なぐ）る）」
三輪子、風呂敷の中のものを出す。
三輪子「旅行にゆくのに、こんなものもって帰ったってしかたないじゃない」
真佐子「旅行？」
周一「どこにいくの」
三輪子「――」
周一「どこいくんだよ」

三輪子「……大島」
真佐子「嘘」
周一「金の工面してる人間が、なにでたらめ言ってンだ」
三輪子「じゃあ見せたげるわよ」
　三輪子、茶の間へ引きかえす。

◆茶の間

　笑いながら、大島の航空券を示す三輪子。
三輪子「ほら、ねえ」
　周一、真佐子。
周一「なにしにいくんだ」
三輪子「なにしにって――遊びよ。いったことないから見物――」
周一「それだけか」
三輪子「――」
周一「本当にそれだけか――」
　真佐子、いきなり三輪子のバッグの中へ札束を入れる。
　通帳とハンコもほうりこむ。
　呆然としている三輪子、周一。

真佐子、ゆびわ、おびどめ、時計をはずして、中へ入れる。

三輪子「せっかくだけど、返すあてないから（押し返す）」

周一「真佐子、オレに貸してくれ、このうち売って、必ず返す。オレから、三輪子に用立てれば」

真佐子「（叫ぶ）お姉ちゃんもお兄ちゃんも、そんなことどっちだっていいじゃないか！　きょうだいでしょ！」

三輪子「マアちゃん……」

たたみに手をついて頭を下げる。

そのまま泣いてしまう。

三輪子「……（泣き笑い）生きてンの、やンなっちゃったの。あの人が、新聞に出るとか警察いくってこともだけど、お金に追っかけられてせまいアパートで、人のうちの掃除して、地べたに這いずるみたいにして生きてくの、くたびれちゃったのよ。いやンなったの、眠りたいの、死んだまねしたいの。（人形のまね）『アー』『アー』ってなりたくなったの」

真佐子「お姉ちゃん――バカ」

周一「（ハナのつまった声で）本当に洋子の結婚祝ってくれる気持があるんなら、夫婦そろって式に出てくれることだよ。三輪子も、真佐子も」

真佐子「だって、あたしは」

　SE　電話なる
周一「守屋ですが、友彦クン、え？　金の都合がついたの」
　ひったくる三輪子、立ったまま。
三輪子「どしたの！　だれが一体。え？　武男さん？」
　ストンと腰がぬける三輪子、たたみの上にへたり込む。

◆三輪子のアパート

　電話している友彦の指。
友彦「武男さんから電話があってね。真佐子さん、きてないかっていわれてさ、金のことはなしたら、小切手切っとくって――」

◆茶の間

　周一、三輪子、真佐子。
　三輪子が受話器をおろす。
三輪子「すぐ帰ります」
　間。
周一「ズングリムックリした指も、いいとこあるじゃないか」
　三輪子、真佐子の肩をブン殴る。

いきなりダイヤルを廻す真佐子。
真佐子「あたし……お金のこと……ありがと」

◆矢島スーパー

ズングリムックリした武男の指が受話器をにぎっている。
武男「どこにいンだよ。忙しいんだからさ。早く帰ってこなきゃ駄目じゃないか」

◆茶の間

真佐子、周一、三輪子。
真佐子「すぐ帰る。じゃあ」
切って――
三輪子「あたしも帰ろ」
二人の女、立って帰り支度。
真佐子「あッ！　お姉ちゃん――」
三輪子「え？」
真佐子「また、とる」
三輪子「え？」
真佐子「かえしてよ」

三輪子「あ、やだ。忘れてたのよ、これは」
真佐子「ほら、これだもの、ほら」
　笑いながら、中のものを返す。返しながら、真顔で、
三輪子「マアちゃんとこで、レジに使ってくれないかな」
真佐子「お姉ちゃんを？」
三輪子「掃除婦のパート一時間四百円だから、それよか安いのはやだけどさ」
　見栄もわだかまりも捨てた姉と妹。
　大きくうなずく周一。
　出てくる洋子。
洋子「あら、もう帰るの」
周一「旦那さんが待ってるからね」
二人「ね、おムコさん、どんな指してる」
洋子「指？」
二人（「長い？」
　　「みじかい？」
洋子「普通」
二人「（なんだ――）」
　洋子、行きかけて戻る。

洋子「どして？」
周一「うん？　こっちのハナシだってさ」
　周一、たばこをくわえる。
三輪子「あ、お兄ちゃんの手、お父さんにそっくりだ」
真佐子「ほんと――」
三輪子「おやこだなあ」
周一「お前たちの手だって――そっくりだよ」
二人「あたしたち？　似てないわよ」
　二人、手を出す。
周一「いやあ、似てるよ」
三輪子「あたし、水かきが大きいんだ」
真佐子「あたしもよ」
　ながめたり、合わせたりする。
三輪子「あら」
真佐子「爪の形、同じだ」
二人「やだなあ」
　SE　ドア・チャイム
けい子（声）「ただいまァ」

洋子「あ、お母さんだ」
二人「お義姉さん、お帰ンなさい！」
真佐子「あいた！　なんでも自分がいちなんだから。おう、いたい！」
　現金にすっとんでゆく二人。
　周一、あとからゆったり立ち上りながら、微笑とも苦笑ともつかない笑い。
周一「やれやれ、女のきょうだいってやつは、全く」
　誰もいない部屋。
　F・O

七人の刑事

十七歳三ヶ月

TBS
1979年3月2日　22時00分〜22時56分放送

◆おもなスタッフ
プロデューサー——中川晴之助、日向宏之
演出——浅生憲章

◆おもなキャスト
沢田係長——芦田伸介
南警部補——佐藤英夫
久保田部長刑事——天田俊明
姫田刑事——中山仁
佐々木刑事——樋浦勉
岩下刑事——中島久之
北川刑事——三浦洋一

貝塚陽一郎(南の父)——池部良
貝塚南(女学生)——久我綾子
石川郁男(疑われる男)——古尾谷康雅

◆石川のアパート・表（朝）

お粗末な木造モルタル二階建て。鉄骨階段下のごみ置場の塀のかげで張り込んでいる岩下刑事と北川刑事。

昨夜の名残りの雪がところどころに残っている。

散乱しているポリバケツとごみ。

寒さで足踏みしている二人は顔をしかめ、鼻を押えている。

サラリーマンや学生が出かけてゆく。

雪の消えた道の真中を急ぐ人の群とはただ一人反対に、一人の男が帰ってくる。バーテンの石川（22）わざと新雪の中を、短いブーツで一歩一歩踏み込み、小学生の男の子のように、ゆっくりと歩いてくる。

ビニール塀の破れ目から見て、目くばせする二人。

石川の脇を登校してゆく女子高校生の一団が通る。

足をとめ、しばらく立っている石川。朝日に輝くその横顔。

北川「人、殺したにしちゃ、いい顔してるじゃないの」

小突く岩下。

石川の顔。

◆石川のアパート・部屋の前（朝）

新聞と手紙を手に石川のネームの出ているドアにカギを差し込む石川。

うしろから、岩下と北川。

岩下「石川郁男さんですね」

キョトンとして、目をパチパチさせる。

警察手帳を示す岩下。一瞬、飲みこめないといった表情。次の瞬間、石川、新聞で岩下の顔をはたきつけ、牛乳びんを北川に投げつけると走り出す。

追う二人。

階段をかけおり、雪道を逃げ、ごみ置場でポリバケツをはね飛ばして抵抗、取り押えられる。一斉に窓があき、のぞくパジャマの男。クリップをつけたガウンの女。

石川、二人に引きずられるように連行されてゆく。


石川（声）「なんだよォ、オレが何したっていうんだよ」

岩下（声）「店の常連で半沢っての、いたろ」

石川（声）「半沢？　知らねえよ、そんなの」

北川（声）「与作っていやあ判るだろ」

石川（声）「与作？　与作がどしたんだよ！」

岩下（声）「ゆうべ殺されたんだよ」

おどろく石川の顔。

◆回想——裏通り（深夜）

小雪がちらついている。

片側はブロック塀。こわれて捨てられた屋台。

酔った中年男「与作」こと半沢徳司（48）が鼻唄をうたいながらくる。

与作「〽与作　与作

もう日が暮れる」

与作、ブロックに向って立小便をしようとする。

与作「〽与作　与作

女房が呼んでいる

ホーホー　ホーホー」

うしろから唱和する男の声。

与作におおいかぶさるように影が近づく。

崩折れる与作。

◆取調室

石川。

南警部補。岩下、北川。
石川「オレやってないよ。冗談じゃないよ。なんでオレがあんな出稼ぎのオッさん、やンの！」
南「じゃあ、なぜ逃げた」
石川「(何か言いかける)」
南「金、借りてたそうだな」
石川「──」
南「故郷(くに)へ帰るから返してくれって、からまれてたそうじゃないの」
◆回想──スナック「十和田」(夜)
バーテンの石川に与作がくどくどと食い下っている。
しわになった女房、子供の写真。地方なまりのママのケイ子。
常連の雨宮(28)たちが、はやすように「与作」をうたっている。
合唱〽与作は木を切る
与作「利子はいいから。カンベンしてやっから。あさってまでに何とかしてもらわねば、オレ、故郷、帰れねンだよ」
合唱〽ヘイヘイホー　ヘイヘイホー
石川「ワリィー(拝む)」

　合唱〽こだまはかえるよ
与作「こないだから、そればっかじゃないの」
　合唱〽ヘイヘイホー　ヘイヘイホー
与作「弁慶じゃねけどさ、あと一本で千本なのよ」
ケイ子「与作さん、一千万たまったの」
与作「出稼ぎで、そんなたまっかよ」
雨宮「ひとケタ、ちがうよなあ」
ケイ子「それだって、大したもんだわ」
雨宮「母ちゃん、よろこぶよ」
　合唱〽女房は　はたを織る
与作「石にかじりついても、これだけ（両手ひろげる）持って帰ッぞって（胸叩く）出
　てきたんだよ。半端じゃ帰れねえんだよ」
　合唱〽トントントン　トントントン
雨宮「バーテンさん、罪だよ」
石川「あした（拝む）」
与作「ほんとだよ（こっちも拝む）」
　合唱〽気だてのいい嫁だよ
　　トントントン　トントントントン

与作　与作　もう日が暮れる

与作、みんなにビールをついでやりながら唱和している。文句をいいながら皆におごり、人気者になっているのが嬉しいという感じ。

◆取調室

石川。南。岩下。北川。

石川「ほんと、冗談じゃないよ。十や二十のはした金で、人殺るバカないよ」

南「ゆうべ店はねてから、どこにいた？」

岩下「一時から二時まで——どこにいた」

石川「——ホテル」

南「帝国ホテルか」

石川「女の子と——ホテル——」

南「ラブ・ホテルってやつか」

岩下「ホテルの名前！」

石川「いきあたりばったりで入ったから」

南「じゃあ女の名前」

石川「——」

南「それもいきあたりばったりか」

石川「そ、そうなんす！」
岩下「いい加減なこというな」
石川「ほんとうだよ、本当！」
南「――つじつま合わないなあ、うん？」
石川「――――」
南「女の子とラブ・ホテルへ行った人間が、警察手帳みて、どしてすっとんで逃げるんだ」
石川、三人を見て、ポケットから、赤い皮の定期入れを出す。
南「貝塚南」
岩下「同じ名前じゃないすか」
南「高校三年」
石川「思い出した！　二丁目のみなと荘！」
定期券の写真。
五千円札が一枚入っている。
石川「盗むつもりじゃなかったんだよ――一回きりっての、やで――名前、教えないから、それでオレ――逃げたのは、あの子が訴えたのかなって、そう思ったからなんすよ！」
南、北川に定期をあごでしゃくって目くばせ。

◆警察署・廊下

出てくる北川。
待っている石川。
何か言いたそうにするが、北川、無視して出てゆく。
追う石川。
北川に体当りをくらわすようにぶつかってくる石川。
石川「学校や、おやじさんに知れッと、かわいそうだから」
北川「常識！（歩きながら）逢った晩にホテルにしけ込んでンだろ。高校生にしちゃ、いいタマだよ」
石川「ショジョ――」
北川「え？」
石川「はじめてだったんだよ」
北川「はじめての女の子が行きずりのバーテンと泊るか」
石川「あの子、殺されるかも知ンないんだよ」

◆回想――ラブ・ホテル（夜）

ベッドの石川と貝塚南。

石川「誰に？」
南「——」
石川「誰に殺されるんだよ」
南「——パパ」
石川「パパって——お父さんか」
南「一家心中するつもりじゃないかな」
石川「（何か言いかける）」
南「いろんなこと、知らないで死んじゃうの口惜しいじゃない」
　無理に笑っている。
　天井を向いた横顔に涙が伝わって落ちる。

◆高校・校門

　立っている北川の手の定期券の写真。

　女子高校生たちが帰ってゆく。

　笑いながら、ふざけながら、三人五人と連れ立って歩いている。その中に、屈託なく笑い、友達の肩をカバンでどやしながら歩いてゆく貝塚南がいる。左側オーバーのえりを立て頬をかくすようにしている。

　北川、近づく。

北川「貝塚南さん――」
南「――」
北川「定期券のことで、ちょっと――」
南「――」

◆喫茶店

北川と貝塚南（オーバーのえりをたてている）。
テーブルに定期。

南「落したの」
北川「どこで」
南「――」
北川「新宿二丁目のみなと荘で落したんじゃないの」
南「――」
北川「誰と泊ったの」
南「――」
北川「名前」
南「関係ないでしょ」
北川「――」

南「警察、関係ないでしょ」
北川「いや、関係あるんだなあ」
南「ゆうべ、夜中の一時から二時の間に、人間が一人殺されたんだ」
南「誰？」
北川「スナックの客。出稼ぎにきてたオッサンさ。だからね」
南「どして殺されたの？　どやって？　誰に？」
やや異常とも思える感じでたずねる南。
北川「金じゃないかな。誰って判りゃ苦労しないよ」
南「人って殺されるのは昼間よか夜の方が多い？」
北川「多いかもしれないなあ——（言いかけて）面白いこと聞くね」
南「——」
北川「聞きたいのは、その時間に一緒にいた男の名前。（言いかける）」
南「アリバイ？」
北川「だれ？　名前」
南「さあ——」
北川「名前、知らないの？」
南「——」
北川「十和田ってスナックのバーテンかい」

南「疑われてるの」
北川「そういうわけじゃないけどね、一応、ホラ、聞くわけ」
南「――（少しホッとしている）」
北川「一緒だったわけだ」
南「（うなずく）」
北川「ゆうべの一時から、今朝の始発まで一緒にいたことは間違いないんだね」
南「――（うなずく）」
北川「そこ、どしたの」
　北川、立てているオーバーのえりをおろす。
　赤くはれている左の頰。

◆回想――貝塚家・玄関（早朝）

　帰ってくる南。

　返本を山と積んである玄関。

　眠らずに待っていた父の陽一郎が立っている。陽一郎、娘を上から下までみつめ、玄関の鏡に押しつけるようにする。

　目をそらす南。

　陽一郎、烈しく頰を打つ。

南「パパ――」
陽一郎「――」

◆喫茶店

北川と貝塚南。
テーブルに定期券。
南の手が、定期をいじっている。
北川「殴るの、当り前だよ、オレが親でも、ブン殴ってるね」
南「――(目を閉じる)」
北川「お母さんも、怒ったろ」
南「(ねむい)いないもン」
北川「お母さん、いないの?」
南「――」
北川「何やってンの、おやじさんの職業」
南「出版――小さい――美術の本――」
北川「景気、どうなの。いま、出版は、大変だって」
言いかけて、南が居ねむりをしているのに気づく。
北川「ねえ――ねえ――ちょっと――」

北川、ためらうが、南を突つく。

引きこまれるようにねむりこんで目をあけない南。

北川、急に手荒くゆさぶる。

強引に目をあけさせて、
北川「ヤク、やってンじゃないのか」

南「？」

北川「クスリ——」

南「（首を振って）おねがいだから、ねむらせて——」

南の寝顔。

定期をいじっていた南の手がゆるむ。

寝息を立ててねむっている。

石川（声）「夜がこわかった。この一週間、安心して夜、ねむれなかった。今は安心してねむれるって、寝息立ててねむってんすがね——」

南の寝顔。

石川（声）「おやじさんが、事業に失敗して、街のサラ金にまで金借りたらしいんすよ。そいで、ニッチもサッチもいかなくなって、一家心中するつもりらしいって、そいってンすけどね——」

けたたましい音を立てて、ボーイがスチールの盆を落す。ビクッとして、目をあけ、ちょっと北川に笑いかけて、またねむってしまう。
南の寝顔。みつめる北川。

◆刑事部屋

沢田以下、南、久保田、姫田、佐々木、岩下、北川。
南「ガイシャの身許ですが、半沢徳司48歳。本籍青森県北津軽郡中里町一。農業。女房と十をかしらに子供は三人。三年前から出稼ぎに上京。地下鉄工事などに従事。東京の住所は、新宿区北町のマツモト・ベッド・ハウス。ただし、ねるだけで、夜は、新宿のスナック『十和田』へ入りびたっていた――『十和田』でのあだ名は『与作』」
沢田「与作？」
姫田「アレ？　おやじさん『与作』知らないんですか。素人のつくった歌で、北島三郎がうたってる――」
佐々木「〽与作　与作
　ヘイヘイホー　ヘイヘイホー」
沢田「ああ、あれかい」
南「死因はひもなどによる、絞殺。死亡推定時刻は午前一時から二時の間。スナックの閉店までねばって――一人でフラフラ出てったのを、ママや客三名が見てます」
久保田「金借りて、催促されたバーテンは」

岩下「石川は白です。女子高校生とラブ・ホテルに泊ってます」
沢田・佐々木「高校生?」
南「これがねえ、はじめて逢ってその晩ですからねえ!　ススンでるというか」
佐々木「乱れてるというか」
南「高校生の方、ウラ、とれましたから」
沢田「シロか――」
南「問題は、ガイシャの所持金ですが」
　話をさえぎるように、沢田、拳でテーブルを叩き、放心している北川に注意。
沢田「おう」
北川「え?」
沢田「(ちゃんとハナシを聞けというジェスチュア)」
北川「聞いてますよ。ちゃんと」
南「おたがいねむたい商売だけどなあ(いいかける)」
北川「一週間、ねてないらしいんだなあ」
一同(「え?　誰が」
　　「ガイシャがかい」
北川「(一息にまくしたてる)おやじさんが、小さい美術出版やってたらしいんすが、
　この不況で倒産して街のサラ金にまで金借りて、ニッチもサッチもいかないんだなあ。

おふくろさん死んで、父親と二人暮しなんで——サラ金の業者が毎日押しかけて、娘、トルコへ叩き売るなんておどかすもんでおやじさん、一家心中」
沢田「なんのハナシだい」
一同（「なんだ、そりゃ」
「おいおい」
「なに言ってンだよ」
北川「それだけじゃないんだよ。サラ金に責められて、たった一枚残ってた、何とかって有名な絵描きから預ってた絵を、売っちゃったっていうんだなあ。そういうことは業者からパッと伝わって、もうその社会じゃ相手にされなくなる——自殺行為だっていうんすよ。それ見て娘は、〝あ、もうダメだ……〟」
一同（「待てよ」
「おい！」
北川「いや、このままだとおやこ心中もあり得るんじゃないかと思って」
南「なんのハナシだよ」
久保田「ねぼけてンじゃねぇのか」
北川「だから、南」
南「南はオレだよ」
北川「南って名前、貝塚南」

岩下「バーテンと泊った女子高校生ですよ、カンケイないだろガイシャとは」
北川「直接関係はないすよ。だけど――」
岩下「一人の人間が殺されてンだよ。故郷じゃ、女房子供が泣いてンだよ。バーテンと
　ラブ・ホテルにしけ込んだズベ公の心配よかホシを（言いかける）」
北川「ズベ公じゃないよ、ショジョ」
一同「え？」
北川「（しどろもどろ）ヴァージン」
一同「え？」
北川「いや、あのー、はじめてだった」
久保田「ショジョが、はじめて逢ったバーテンとホテルへしけ込むか？」
佐々木「ショショショショジョ寺だよ。タヌキ！」
北川「そうじゃないよ！」
沢田「おい！」
北川「何にも知らな――セックスのこと――知らないで、死ぬの、さびしかったたって、
　そいったって」
姫田「口実だよ、口実」
北川「なんすか、そりゃ」
姫田「そういう時、女の子にゃ、口実が要るんだよ。やましい分だけ（言いかける）」

北川「それ、言っちゃ、かわいそうだよ、もっと切実な」
沢田（「おい」
南「待てよ」
北川「（聞かない）よそのうちのものは、毒入ってないから安心して食べられる、よその水は、安心してのめる——作りバナシなら、そこまで言わないよ」
沢田「おい！」
北川「それと、安心して、ねむりたかったんだよ。おやじさんに、殺されるんじゃないか、おびえて、夜、オチオチ眠れなかったって——オレの前でも、スースー寝息たてて」
佐々木「惚れたんじゃねえのか」
沢田「話を本題にもどして」
北川「おやじさん、すでに死亡した人間のホシをあげることも大事ですけどね、起るかもしれない殺人事件を」
沢田「（南に）ハナシすすめてくれ」
北川「起り得る殺人事件を未然に防ぐことも警察の」
姫田「しつこいぞお前」
北川「しつこいとは何だよ」
沢田「ガイシャの所持金判ったかい（ピシリ）」

南「八十万ですよ」
五人「八十万！」
　北川だけが取り残されている。

◆スナック（夕方）

　聞き込みの佐々木と北川。ママのケイ子と常連の雨宮。石川は、グラスをみがきながら、口数少なく、時々、チラリと北川をみつめて、
ケイ子「腹巻貯金が自慢でね」
二人「腹巻貯金？」
雨宮「ここ（腹）入れてンの」
ケイ子「毎月、あたしに報告すンのよ、『ママさん、五十五万になった』、『六十万になったよ』」
雨宮「百万ためて、カアちゃん、よろこばすンだって、いってたのになあ」
ケイ子「あんなに、うち、大事にする人もなかったねえ。家族の写真みせびらかしてさ、毎晩、九時になると、ここから、うちに電話かけンのよね」
佐々木「毎晩、長距離？」
ケイ子「オッキな声じゃいえないけどさ、電話って、かけても、向うがとらなきゃ、チン、て鳴るだけで料金とらンないじゃない、だから、一分たつと与作さんまたかけて

——」
雨宮「九時になっと与作のカアちゃん、電話の前にすわってたんじゃないの」
ケイ子「『あ、うちの父ちゃん、今日も元気でやってンな』——ラブ・コールよォ」
雨宮「あれ、ママさんよ、刑事さんの前でこういうハナシまずいよ」
ケイ子「あ、やだ——どうしよう」
佐々木「——人に恨みかうようなことは」
雨宮「とんでもない」
ケイ子「与作さん、人気あったもの、ねえ、イッちゃん」
石川「おごり魔だったもんなあ」
ケイ子「おごるったって、自分のビール（つぐ）くらいだけどさ」
佐々木「八十万、いつも、ここに、入れてたの」
ケイ子「入ってたね、ふくらんでたもの。汗くさいから、時々、風入れた方がいいよなんて、アタシたち、よく、ねえ」
雨宮「犯人、まだ判んないんすか」
佐々木「うむ——」
雨宮「〽女房はハタを織る
ヘイヘイホー　ヘイヘイホー」
ケイ子「『トントントン、よ』雨宮さん、いつもそこ間違えンだから——」

雨宮「（小声でつづきをうたう）
　〽気立てのいい嫁だよ
　トントントン　トントントントン」
　石川、北川を見る。
北川「――――」

◆ベッド・ハウス

　聞き込みの佐々木と岩下。
　ベッド・ハウスのオバサンとヌシの如き下村（55）が答えている。
オバサン・下村「八十万？」
　下村とオバサン。
　顔を見合せ、失笑する。
オバサン「仏さんにゃ悪いけどさ」
下村「『フロシキ』じゃないの？」
二人「フロシキ？」
オバサン「そんな、たまるわけないよ、出稼ぎで」
下村「こんなとこで、一日千円も取られんだから、いや、ためるつもりでいンのよ、みんな。ところが、だよ、現実問題としちゃヘタすりゃ、自分一人で、いっぱいよ。カアちゃんの方角に手合して、酒のんじゃうんだなあ――」
オバサン「あの人、ほら、新宿のなんとかってスナックに入れあげてさ」
下村「これ（小指）でもいたんじゃないの。毎晩一張羅着ちゃ。出かけてたもんなあ」
オバサン「強くもないのに、ムリして飲んでさ」
下村「バカだよ」
オバサン「八十万ねえ」
下村「ほんとに持ってたのかねえ」
二人、首をかしげている。

◆貝塚家(夕方)

貝塚陽一郎の表札をたしかめる北川。
玄関のドアが半開きになって、サラ金の取り立ての若い男（角田）が、高声（たかごえ）を立てて、陽一郎とやり合っている。
角田「借りた金返せないで世の中通るかよ！　なんなら、オート三輪車にスピーカーつけて、うちの前でどなってやろうか」
陽一郎「ハナシ、最後まで聞いてからどなって下さい」
角田「なんだと！」
妙に明るく冷静な陽一郎。

陽一郎「あしたの午後三時に来て下さい」

角田「一日逃れの言いわけなら！」

陽一郎「支払います」

角田「なんぼ」

陽一郎「元利とも——全額です」

角田「おい（何か言いかける）」

陽一郎「これだけは、と思ってたもの処分したんですよ。とにかく、明日の三時、領収
　書を持参で来て下さい」

角田「そういうもンがあったら、はよ言やあいいんだよ！　おい——あしたになって、
　また泣言いいやがったら」

陽一郎「お待ちしてます」

　角田ガシャンとドアをしめてゆく。

　北川に気づき、じろりと見て出てゆく。

　中で電話のベルが鳴っている。

陽一郎「貝塚です——、あ、山東商事さん——モシモシ、モシモシ——この件ですがね、
あした三時に支払いますから、はあ、あしたの三時——元利とも——全額です。間ち
がいありません。領収書持参で——迷惑をかけましたが、はあ、間ちがいありません。

必ず——」

　窓からのぞきこんでいる北川に気づく。
　北川、玄関に廻る。
　いきなりドアが内側から開く。
陽一郎「どなたですか」
北川「（不意をつかれへドモドする）いや、あの」
陽一郎「業者の方ですか」
北川「いや、あの、南さんの」
陽一郎「ゆうべ一緒だったのはアンタか」
北川「あ、あの件で」
　北川が言いかけるより早く、陽一郎の右手が北川の顔面に。よろける北川。
南「パパ！」
　お使いから帰ってきた感じの南。
南「何すンのよ」
陽一郎「どこのどいつだ。人のうちの娘（言いかける）」
北川「人ちがいすよ」
南「ちがうのよ、ちがうの！」
　電話鳴る。
陽一郎「（とる）貝塚ですが――あ、三和商事――モシモシ――あ、待って下さい。文

払いますよ、あしたの三時――絶対間ちがいありませんから、三時にどうぞ」
　鼻血の手当てをしかける南。
　ギクリとする北川。

◆刑事部屋

　ラーメンを食べながら、電話を受ける久保田。
久保田「なんだ北川か。おやっさん、席外してる。今晩がヤバイ？　なにがヤバイんだ」

◆公衆電話

　鼻の穴にティッシュを丸めてつめながら、焦って電話している北川。
北川「絶対ヤバイすよ。サラ金の催促に、みんな、あしたの三時に払うっていってンすよ。絵売った金は銀行に返してるんだよ。金なんてあるわけないよ。絶対今晩がヤバイよ。近所で聞き込みやったンすがね、親一人子一人で、物凄く娘、可愛がってたっていうンすよ。娘の方も、おふくろさん死んでから、女房代りに、父親の世話して、一心同体っていうか――娘のほうもおびえちゃいるけど、逃げたりしないしねえ、おやじの方も、妙に明るくて落ち着いてンすよね。どう考えたって、今晩がヤバイすよ！」

◆刑事部屋

久保田、岩下。

久保田「お前、どっからかけてンだ。捜査に関係ないだろ、そんなこと——一家心中——お前な、どこの家だってハラワタのぞきゃなんかしらアンだよ。いつ起るか判んない心中だかなんか追っかけてたら、こっちは体いくらあったって足ンないよ！　そういうのは休みの日にやれ」

ガシャンと切って——

久保田「いい加減にしろ、バカ」

入ってくる沢田。

沢田「また値上りか、ラーメン」

◆公衆電話

北川。

北川「バッカヤロオ！」

鼻から、ティッシュが飛び出してしまう。

◆貝塚家・居間(夜)

壁にそこだけ絵をはずしたあと。
ステレオに、明るいクラシックのレコード。
机の抽斗（ひきだし）を片づけ、不用のものを千切って、暖炉の火に投げている。
ウイスキーをのみながら――
カーテンのすき間から見ている北川。

◆回想――喫茶店

必死に説得する北川。
ねむいところを無理に起されている南。
南「パパに殺されそうだって、誰が？」
北川「一家心中するかも知れないって――」
南「（笑い出す）冗談」
北川「――冗談にしちゃ、キツいよ」
南「自殺したいとかさ、そういうこと、言ってンの、流行なのよ、ブーツの次は、自殺、
　あ、これ、うまいでしょ」
北川「洗面器に水いっぱい入れて、顔つけたことあるかい」
南「――」
北川「三十秒で苦しくなる。どんな人間でも五十秒でダメになるんだ。体がつめたくな

って、瞳孔がひらいて、考えることも笑うこともない、タダのマキザッポになるんだよ。それが死ぬってことなんだよ」

南——

◆洗面所(夜)

髪を洗い終った南が、いっぱいに満たした洗面所の水をみている。

北川(声)「生きてりゃ、おもしろいこと、いっぱいあンだよ」

顔をつける。

北川(声)「アブないと思ったら、おやじ突きとばして、逃げろ、いいな——」

苦しい南。

◆貝塚家・表(夜)

うかがっている北川。

ウイスキーをのむ陽一郎。

ぬれた髪の南、入ってくる。パジャマとガウン。

暖炉の前にすわる。

陽一郎「髪、洗ったのか」

うなずく南。

陽一郎「お前も、飲むかい」
南「いつも、いけないっていうのに――」
陽一郎「もう、おとなだろ――」
　父のかなしみ。娘のはにかみ。
　娘の分のグラスにウイスキーをつぐ父。
　二人のうしろの白く四角い絵をはがしたあと。
　娘にグラスをもたせて、カチリと合せる。父の手がかすかにふるえている。
　南ののどがごくりと鳴る。ウイスキーのグラスがこわい。
　父の目を見ながら、のもうとする。
　ドーンとガラス戸に何か大きいもののぶつかる音がする。
　陽一郎、アレ？　という感じで手を止める。
　音はそれっきり。
　父と娘、またグラスを合せようとする。
　外の北川、体ごとガラスにぶつかる。
陽一郎「誰だ！」
　陽一郎。
　グラスを置きカーテンをあける。誰もいない。
　物かげにかくれる北川。

南、グラスを置く。
南「(かすれた声で) おやすみなさい」
そのまま、出てゆく。
陽一郎、しばらくじっとしている。
自分のグラスの酒をのむ。
物かげの北川、かすかに緊張するが——
陽一郎、デスクの片づけをつづけている。

◆南の寝室(夜)

スタンドを消しベッドに入る南。
廊下に足音。電気がつく。ドアの下から明るい光の線がもれる。
ハッとなる。
ドアの外に立つ父の気配。じっとしている。こわくなって、はね起きる。ハダシで
窓のそばにくる。
カーテンのすき間からのぞく男の目。
びっくりする南。北川と判る。けげんな顔。北川、自分の腕時計の文字盤を示し、
十二時から六時までを指で示す。この間、ここに立って見ていてやるよ。というジ
エスチュア。南、安心したように自分のベッドにもどる。

足音が遠ざかり、廊下の電気が消える。
少しあいたカーテンのすき間から北川の目とクチビルがみえる。
北川のくちびるが「オヤスミ」といっている。
南「?」
北川「(くちびるで)オヤスミ」
南「(これもくちびるだけで)オヤスミ(目をとじる)」
北川じっとしている。

◆居間(夜)

ウイスキーをのみながら、身近の整理をする陽一郎。

◆貝塚家(朝)

登校してゆく南、キョロキョロする。
物かげで見ている北川。
南は、気がつかず登校してゆく。
北川、あくびをしている。
家の中から、電話のベル。
裏口の戸じまりをしている陽一郎。

◆上智大グラウンド

　走り高跳びをしている選手たち。
　ぼんやり見ている陽一郎。
沢田「惜しい！」
　うしろから低いひとりごと。
　沢田。
陽一郎「（ため息）」
沢田「惜しい」
　ぼんやりみていた陽一郎。
　二人ならんで、ながめることになる。
沢田「あ、いまの、あれは、投げてるな」
陽一郎「――」
沢田「はじめから、無理だとあきらめてる。あれじゃ跳べないな」
陽一郎「――そういう日が、あるんじゃないですか」
沢田「？」
陽一郎「先代の若ノ花――今の二子山だったかな、現役時代に言ってましたよ。場所中に一日ぐらいは朝起きて、手をにぎっても力の入らない日がある。そういう日はどうがんばっても、ダメだ」
沢田「そりゃがんばり方が足りないんだ。死ぬ気になりゃ出来ないものはないでしょう」
　陽一郎、沢田の手にした新聞に気づく。
　親子心中の大きな見出し。
陽一郎「今朝のですか」
沢田「いや、二、三日前のでしょう。尻の下に敷こうと思って持ってきたやつだから」
　バサッとひろげて、
沢田「おやこ心中か――」
陽一郎「――新聞もいけないなあ」
沢田「――」
陽一郎「こりゃ人殺しですよ。おやこ心中なんてキレイな言葉つけるから、マネする奴がいるんだ」
沢田「(意外)」
陽一郎「死ぬのなら親は一人で死ぬべきですよ。道連れにしたい――迷う気持も本当だけど、子供は――知らない間に、子供じゃなくなってる――」
沢田「お子さん――」
陽一郎「娘が一人です」

沢田「そりゃ嫁にやる時が大変だ――」
陽一郎「(笑って) その前に死にたいですよ」
沢田「(これも笑って) そりゃ無理だ――第一、婿の顔、見ないで死んだんじゃ、くやしくて、死んでも死に切れんでしょう」
陽一郎「恨みごとのひとつも言ってから――いや、恨みごとよりたのみごとかな――、あ――(選手)」
沢田「(笑って) あ、惜しい (走り高跳び)」
失敗した選手、すごすごとベンチへもどる。
沢田「どうしてもう一度、トライしないんだ (選手に言う形で)」
陽一郎「限界でしょう。自分でも判ってますよ」

◆刑事部屋

南警部補に報告している岩下。
南「目撃者?」
岩下「ホステスです。あの晩、酔って現場通りかかったっていうのがいるんです。『与作』うたってた二人の男をみたって」
南「二人の男?」

◆オートメーションの写真を写すボックス

　写真をとっている南。
　気取って――何ポーズもうつす。

◆貝塚家・居間

　学校から帰ってくる南。
　免許証用の小さい写真を何枚もテーブルの上にのせる。
　いたずらをして、黒枠をつけてみる。サインペンが半分でなくなる。
　父の抽斗をあける。
　カラ。
　次の抽斗。
　カラ。
　次々とあけてゆく。
　カラ。
　時計は二時半。
　電話が鳴る。
南「貝塚です。あ、パパ！　どこにいるの！」

◆車中

　佐々木と北川、前方の車を追っている。

北川「ありゃ、絶対、無理心中だよ」
佐々木「落着けよ」
北川「みろよ、オレの言った通りだろ！」
佐々木「落着けっていってるだろ」

◆車の中

　ハンドルを握る陽一郎。
　助手席の南。

陽一郎「パパこれから、どこへ行くつもりか、お前判るか」
南「（うなずく）そう思って一番好きな服着てきた」
陽一郎「？」
南「本当は、写真、もうちょっと美人にうつってるとよかったんだけど――、アタシ、
　ふざけてるのしかないでしょ、写真」

◆貝塚家・居間

黒枠をつけた南の写真が、テーブルに置いてある。

◆日赤本社・前

車の中の陽一郎と南。

南「パパ――（けげんな顔）」

陽一郎「お前は、ここで生れたんだよ」

南「――」

陽一郎「二千七百五十グラム――」

南「――」

離れたところにある北川たちの車。

陽一郎の車、スタートする。追う北川の車。

◆貝塚家・居間

南の黒枠の写真。

◆セント・イグナチオ教会

陽一郎と南。結婚式があるらしく、ウエディングマーチが聞えてくる。

南、父の顔を見る。

南「あら、パパたち、ここで、結婚式あげたの？」
陽一郎「お前だよ、お前には、ここで式あげてもらいたかった——」
南「——」
ウエディング・マーチ——。

◆刑事部屋

電話をとる沢田。
沢田「車を見失った？　それじゃあな、例のスナック——バーテンのいる——『十和田』か——うん、——『十和田』」

◆スナック「十和田」・前

止まる陽一郎の車。
おりて入ってゆく父と娘。
張っていた佐々木と北川、顔を見合わす。

◆スナック「十和田」（夕方）

開店前の準備をしているママのケイ子。
入ってくる南と陽一郎。

ケイ子「すいません五時からなんだけど」
　中をのぞきこんでキョロキョロする南。
ケイ子「だれか、待ち合わせ？」
陽一郎「ここで働いている男か」
ケイ子「バーテンさんなら、もうくるけど――なんかね、お金借りてたお客さんに不幸があってね、（声をひそめて）殺されたのよ。犯人、まだ判んないんだけど、そンでね、のこされた家族にお金返さなきゃ悪いって、金策にいってンのよ。こっちが貸してやれりゃいいんだけど、こっちもいっぱいいっぱいでしょ、バーテンさん、――何か――用？」
陽一郎「バーテンか――お前――」
南「――」
　入ってくる北川。
　うしろから佐々木。
　陽一郎、北川の顔を見て、アッとなる。
陽一郎「やっぱり、お前か。ほかに男もいるだろうに、バーテン」
南「ちがうわよ、この人」
北川「オレ、バーテンじゃないすよ」
ケイ子「この人、刑事さん」

陽一郎「刑事――お前どうして刑事――知ってンだ。何かやったのか。おとといの晩、男と泊ったんじゃないのか」
北川「泊ってなんかいないよ。そこの、そこの椅子で、ねむっていたんだよ。高校生が夜中にひとりでこんなとこにねてちゃいけないって、説教して補導したんすよ。男と泊ってなんかいないよ。ねぇ、ママ。そうだよな」
ケイ子「(何か言いかける)」
南「違うわ。泊ったのよ」
一同「――」
南「ホテルで泊ったの。ここのバーテンさんが、さそってくれて――一緒にホテルへ行ったのよ」
陽一郎「名前は――何て男だ！」
南「(首を振る)」
陽一郎「名前も知らないのか。名前も知らないバーテンとか！　お前いくつだ。十七だぞ。十七歳と、三ヶ月なんだぞ、お前は」
言いながら、南の胸倉をとり、烈しくゆさぶる。
間にとびこみ、その手をふりほどく北川。
陽一郎「なにをするんだ」
北川「十七歳と三ヶ月、殺そうとしたのは、誰なんだよ」

陽一郎「殺す？　なに言ってんだ。なに言ってンだよ」
　北川、陽一郎の頬を殴る。
北川「とぼけるんじゃないよ」
南「アッ！」
　頬を押さえて次の瞬間、殴り返そうとする陽一郎。
　北川と陽一郎の間に入る佐々木。
佐々木「(二人を分けて静かに) 娘さん、ホテルへ行かせたの、お父さんじゃないですか」
陽一郎「？」
佐々木「仕事がつまずいて、サラ金に追われて——身辺整理をされてた。娘さんは、道連れに殺されるんじゃないか——夜も安心してねむれなかった——おびえないで、一晩ゆっくりねむりたい——女と生まれて、このまま何も知らないで死んでゆくの、さびしい——そう思って一晩うちあけた——そういう娘さんの気持——」
陽一郎「(何か言いかける)」
北川「アンタに、子供、ののしる資格、ないよ。オレはね、どっか泊る親戚ないのかって、そう言ったよ。アブナイと思ったら、おやじさん、突きとばして逃げろって——でもね、逃げなかったじゃないか。父親一人で死なすのかわいそうだと思って、一緒に死ぬつもりで」

陽一郎、北川をはじきとばす。
南に向う。
陽一郎「お前、そう思ってたのか」
南「(コクンとうなずく)」
陽一郎「バカ——バカだぞ。お前、道連れにするわけないじゃないか。死ぬんなら、ひとりで(言いかけて、ハッとなる)」
南「いま、なんて言ったの」
陽一郎「(絶句する)」
南「パパ!」
陽一郎「たとえばのはなしだよ」
陽一郎、ハンカチを出して額の汗を拭こうとする。
航空券が落ちる。
北川、ひろおうとする。
もみあいになる。
航空券、床をすべる。
南ひろって、
南「大島! パパ、一人でゆくの? なにしにゆくの! 自殺するつもりだったのね、パパ!」

　もみあう父と娘の真中にある電話が鳴る。
　電話。
ケイ子「『十和田』です――え？　いまちょうどみえたとこ――」
北川「（オレ？）北川です」

◆刑事部屋
　岩下がかけている。
岩下「ホステスの証言なんだけどね。『与作』うたって、ガイシャのうしろから近づいた男が、一ヶ所、歌詞間ちがえてうたってたっていうんだなあ」

◆「十和田」
　陽一郎、南、佐々木、北川、ケイ子。
北川「歌詞、間違えてうたってた？
　女房はハタを織る――
　ヘイヘイホー　ヘイヘイホー（？）」
ケイ子「（明るく叫ぶ）雨宮さんと同じだ！」
　階段を上ってくる足音と雨宮の歌声。
雨宮「〽女房はハタを織る

へイへイホー　へイへイホー」

雨宮、入ってきて、

雨宮「お、今晩は、しょっぱなから、込んでるねえ」

◆取調室（夜）

雨宮、南警部補、岩下。

雨宮「やったのは、オレだよ。だけどね、金はちがうよ。八十万どころか——五千円もねぇんだよ」

南「そんなこたないだろ。腹巻に八十万」

雨宮「古新聞だよ、古新聞！　人、バカにしやがって——」

◆刑事部屋

佐々木の前で、書類にサインしている陽一郎。

南、北川。

佐々木「道交法違反——十キロオーバー、罰金は——」

北川「罰金、払えるうちがハナだよな。人間、死んじゃえば、もう——どうしようもねぇや」

北川、まるで、トランプの札でも撒くように、何枚かの写真をテーブルにひろげる。

無惨な与作の死体の写真。

こわばって空をつかむ手。

顔。

はだけた衣類。

失禁したのか濡れたズボン。

ポカンとして目を見開いた顔。

道路にチョークで描かれた人形。

北川「(低く口ずさむ) 与作、与作」

陽一郎——

北川、目をあげて陽一郎をじっと見る。

たね子 (声)「ハナシが全然ちがいますよ!」

向う側のドアから入ってきたらしい二、三人の足音。

ついたての向うから女の声。

半沢たね子、ガサガサしたキツイ中年女。

たね子「なにが女房孝行なもんかね。うち出て三年になっけど、ただのいっぺんも、手紙よこさねえで」

沢田「でも毎晩、スナックから電話かけて、元気だっていうサイン、送ってたそうじゃないか」

たね子「うち、電話なんかないですよ」
沢田「――」
たね子「そういうフリしてたんですよ。気が小さいくせして、みえっぱりで、人によく
思われないと、いらんなかった人だから――おだてられて、いい顔して、女房子供泣
かせて、自分もなんもいいことねくて――ありもしねぇ、金、あるなんていうから、
見ろ。父ちゃんのバカって、言ってやれ」
男の子がワッと泣く。
ののしっていたたね子も、不意に泣き出す。
ついたてをへだてた二組の家族。
沢田が出てくる。
陽一郎の前に立つ。
陽一郎、頭を下げる。
北川にも下げる。
出てゆく父と娘、与作の妻と子供の嗚咽、まだつづいている。

◆**警察署前**

出てゆく父と娘。

◆刑事部屋
　窓から見ている北川。うしろ姿の佐々木、南、久保田、沢田たち。
南「にわとりが先か、卵が先か」
一同「え？」
南「〝殺し〟があったおかげでバーテンがしょっぴかれた。あの女の子と泊ったことも、表沙汰になった――」
佐々木「その口から、おやこ心中のおそれがあることが判った」
北川「あの段階じゃ、みんな、バカにしてたけどね――（得意）」
南「逆にいやあ、女の子が、バーテンと泊ったおかげで、一家心中――いや、ありゃ、はじめっから、やる気なかったから、父親の自殺か、自殺を未然に防いだってことになるわけだ――」
久保田「（北川の肩を叩いて）デカのカガミだよ」
北川「急にタイド変わって――」
沢田「ひとつぐらい、いいこと、なくちゃなあ」
　帰り仕度の刑事たち、しみじみと、低くかなしく、ハミングする。
一同「〽与作　与作　もう夜が明ける
　ホーホー　ホーホー」

沢田「そのうた、よせよ」

◆窓口

航空券の払いもどしを受けている陽一郎。

父に甘えている南。

陽一郎「払いもどし、お願いします」

しっかりと金を受取る陽一郎の手。

解説

平松洋子

「よもやこの職業であと二十年も食べることになろうとは夢にも思っておりませんでしたから、オン・エアが終ると台本は捨てていました。（中略）あの時、今戸氏にご馳走にならなかったら、格別書くことが好きでもなかった私は、今頃、子供の大学受験に頭を抱える教育ママになっていたように思います」（「ドラマ」昭和54年8月号掲載　『女の人差し指』収録　文春文庫）

脚本家としての出発点を振り返って、向田邦子はこんなふうに書いている。「教育ママ」のイメージとのギャップが激しいような、いやそうでもないような、思わずくすりと笑ってしまう。

文中の「今戸氏」は雄鶏社勤務時代に行き来のあった毎日新聞の広告担当者で、当時放映中の刑事ドラマ「ダイヤル一一〇番」（一九五七～六四年　日本テレビ系列）のシノプシスを書いてみないかと声を掛けてくれた人物である。それまでとくに興味を抱いたこともなかったテレビの世界だったけれど、スキー旅行に行く資金を貯めたくて誘いに乗ることにした。フラフープが流行っていたころ、一九六〇年代に入る数年前の話のようだ。

脚本を書く動機が当座の小遣い稼ぎだったのに、どんどん前のめりになっていくところがいかにも向田邦子らしい。うっかり扉を叩いてしまった、でも、書いているうちにがぜん面白くなったのは、つねづね自覚しているという〝負けず嫌いで熱中しやすい性分〟が発動されたからだろうか。せっかく志望して採用された出版社をほどなく辞め、脚本家、市川三郎に師事しながらテレビドラマという未知の世界に足を踏み込んだ。折りしも日本のテレビの黎明期、カラー放送もまだ始まっていない。

ラジオやテレビのシナリオを次々手掛け、脚本家としての足取りを重ねていった。初めてプロとしてテレビドラマを手掛けたのは六四年、「七人の孫」(TBS)。脚本家の仲間入りをした三十代半ばに杉並の実家を出て独立、西麻布でひとり暮らしを始めたことからも、あらたな仕事に本腰を入れる決意と意欲がうかがえる。七〇年、「だいこんの花」(NET　以降七四年まで四部続く)。七一年、「時間ですよ」の脚本チームに参加(そもそも「時間ですよ」第一回がスタートしたのは六五年、当初脚本を手掛けていた橋田壽賀子が番組を離れ、複数の脚本家が携わるようになった)。めざましい活躍をみせるのは七四年。一月「寺内貫太郎一家」、九月「だいこんの花　第四部」、十月「時間ですよ・昭和元年」(TBS　共同脚本)。デビューして十年め、わずか一年のうちに三作品を手掛ける売れっ子ぶりだ。七七年、「冬の運動会」(TBS)。七八年、「家族熱」(TBS)。七九年、「阿修羅のごとく」(NHK)。八〇年、「源氏物語」(TBS)、「あ・うん」(NHK)。八一年「隣りの女」（TBS）。同年八月、台湾取材旅行中、航空機事故により死去。「隣りの女」が放映された三ヶ月後だった。

本書に収録された五つのテレビ脚本は、七一年〜八一年までの十年間、プロとして脚本の仕事に打ち込んだ時期に執筆された作品である。脚本がなければ、もちろんテレビドラマは成立し得ない。しかし、その脚本が一般に広く読まれる機会があるかといえば、そうではない。脚本は「台本」とも呼ばれる通り、演出、照明、音楽、美術、編集、役者の演技など複合的な要素によって成立するのがドラマという映像表現である。しかし、こうして脚本だけを抽出して読むと、じわりじわりと浮かび上がってくるものに気づく。それは、のちに書かれることになるエッセイや小説と脚本との不即不離の関係だ。向田邦子にとって脚本の執筆は、作家への踏み台でもなければ、通過地点の産物でもなかった。作家としての向田邦子を「完璧を目ざしていつも完璧」「突然現れてほとんど名人である」と評したのは、作家、山本夏彦だったが、三十代半ばから五十一歳まで精力を傾けた山ほどのラジオやテレビの脚本を抜きにしては、随筆や小説へのあらたな展開はあり得なかった。自嘲を込めつつ自分を「飽きっぽい」と言うけれど、新境地に挑むときはつねにぎりぎりの崖っぷちに立ち、それでいてすべてを地続きにしたところに大胆不敵さと生真面目な誠実の両方を感じる。その途中でぴょんと跳ねる姿を「突然現れてほとんど名人」に見せるところが、向田邦子の至芸であり、本懐というべきだろう。

五作品を年代順に追ってみたい。

一九七一年、「きんぎょの夢」(TBS)。あっと驚かされるのは、この作品のテーマがずばり「不倫」だったからだ。「不倫」、つまり愛憎をともなう男女のなまなましいありさまは終生の主題であり続けたけれど、それにしても、時代に先駆けていち早くお茶の間の平穏に割り込んでいるのだから、スジが通っている。

本作の妙味は、おでん屋「次郎」の女主人、柿沢妙子(若尾文子)、常連客、外村良介(池部良)、良介の妻、みつ子(杉村春子)、三者の攻防戦。とりわけ女ふたりが火花を散らすいくつかの場面には、滑稽味とせつなさと醜悪が綯い交ぜになってぞくぞくさせられる。もちろん、若尾文子と杉村春子、池部良とくれば千両役者揃いだが、たとえ芝居を見なくても微妙な表情の動きまで仔細に想像させるところは、すでに小説的である。

一九七七年、「毛糸の指輪」(NHK)。子どものいない初老の夫婦が身寄りのない娘と出会い、つかのまの夢を共有する物語。結婚をめぐって、若い男女の初々しさと初老夫婦の倦怠が対比されながら展開するのだが、どこかおとなのおとぎ噺のような趣もある。ね、嘘のような真のようなこういうことってあるでしょ、と作者は語りかけてくる。

「ホームドラマの嘘」と題して、単刀直入に語っている。

「そのくせ、人はドラマの中の人物像に妙に『真実』を求めるのです。その真実は、私に言わせれば、『本当の真実』ではなくて、テレビドラマ的な、『程のいい真実』にすぎないと思

うんですが」（『女の人差し指』文春文庫）

「毛糸の指輪」はまさに「程のいい真実」、面白おかしい嘘をまぶすことによって成立している作品だ。若い娘にうきうきしながら、いっぽうしょっぱい実人生を受け容れる夫を演じる森繁久彌。老獪で愛嬌のある妻役、乙羽信子。生硬な若さがまぶしい娘役、大竹しのぶ。将棋の駒が的確に動かされながらドラマは進むのだが、森繁久彌の芝居の細かい崩しっぷりが軽みと可笑しさを盛り立てる。本作の演出家、松本美彦によれば、試写のあと、「森繁さんが台本通りに台詞を言っていない箇所を、句読点も含めていまから申し上げます」と向田邦子が切り出した（NHK　DVD「毛糸の指輪」解説）というのだが、原稿用紙にミミズがのたくった跡のような字で早書きした一字一句には、「こうでなくては」という断固とした人物像への確信があった。

一九七九年、「七人の刑事　十七歳三ケ月」（TBS）。そもそも六一年にスタートした刑事ドラマで、放映日や放映時間、俳優陣や制作スタッフを変えながら長く続いた。主演は芦田伸介。シブい風情の芦田伸介に惹かれ、七〇年代に入ったあたりから私もときどき見ており、ミナミ警部補役、佐藤英夫の顔と名前を覚えたのも「七人の刑事」だった。全四五四話に多数の脚本家が携わり、そのうち一作だけ向田邦子が脚本を手掛けたのが、最終の第三シーズン「十七歳三ケ月」だった。ゲスト出演は池部良。

小さな町で起こった殺人事件を捜査する刑事たち、犯罪の周辺に浮上する男や女、「与作」の泥臭い歌詞と節まわし。刑事ドラマのロングシリーズだから硬質な空気感を大切に描かれているが、クライマックスの取調室でのやりとりから浮かび上がるのは昭和の小市民の姿だ。

殺された男を、妻のたね子がののしる場面。

「気が小さいくせして、みえっぱりで、人によく思われないと、いらんなかった人だから——おだてられて、いい顔して、女房子供泣かせて、自分もなんもいいことねくて——ありもしねぇ、金、あるなんていうから、見ろ、父ちゃんのバカって、いってやれ」

向田作品に登場するあんな人物、こんな人物の顔が思い出されて重なる。

一九七七年、「眠り人形」（TBS）。ひとつの家庭はひとつの舞台装置、あるいは小宇宙なのだとあらためて気づかされる作品だ。憎いほど効果的に拾い上げる日常の小道具あれこれ。水ようかん。渦巻きのガラスの小皿。ろうそく、仏壇の引き出し。ちゃぶ台の上のビール瓶……そこへ札束を突っ込んだ女物のバッグが現れる計算づくの違和感。

巧みな女言葉にも注目したい。

「どしたのよ、お兄さん、冴えない顔して」（真佐子）
「細かいんなら任しといてよ。大きいのは駄目だけど、細かいのなら——」（三輪子）
「お兄さんもお兄さんよ、どしていってくれなかったのよ」（真佐子）
「じゃあ見せたげるわよ」（三輪子）

「どしたのよ」は「どうしたのよ」。「どして」は「どうして」。従来なら「どうしたのよ」「どうして」と書かれるところだが、違う。「ど」を斬り込み隊長として会話の流れに突っ込み、勢いあまって「う」を飲み込む性急な物言い。そこに、不信感や苛立ち、人物の気性まで込めている。かねてから私は、向田脚本のドラマに数多く出演する加藤治子が発する「どしたの」「どして」のリアリティに舌を巻いてきたのだが、「う」の省略にいたるまで指定されていたことを、脚本を読んで初めて知った。

「寺内貫太郎一家」で長女・静江役を演じた梶芽衣子が打ち明けている。

「私は向田さんの脚本は、このドラマが初めてでしたけど、セリフが自分で意識しなくてもふっと出てくるものだった。それは、やっぱりすごいと思いましたね。ホームドラマなんだから日常生活の言葉を使って、普通に演じればいいじゃないかと思われるかもしれないですけど、どうしてもセリフが覚えにくい脚本も中にはあるんです。ちょっとこの役でこのセリフは言わないんじゃないと引っかかっても、なんとか理解するのが私たちの仕事ですが、向田先生のセリフにはそういう苦労はまったくなかった」(小林亜星との対談「オール讀物」二〇一七年十月号)

「細かいんなら」、「見せたげる」、「のいて」(どいて)……生活が匂い立つ言葉があちこちに仕込まれている。

一九八一年「隣りの女──現代西鶴物語」(TBS)は、その濃密さにおいて異色の作品である。「TBS　西武スペシャル」として放映されたのは同年五月一日夜十時。視聴率二七・四％を記録し、放送のすぐ翌日、芸術祭参加の再放送が決まり、大きな評価を得た。「現代西鶴物語」とみずから銘打ったところに、勝負の気迫を感じる。まず、少女時代から文学好きで、実践女子専門学校国語科に入学した向田邦子が井原西鶴の作品におおいに触発されたことは想像に難くない。くわえて、しきりに描いてきた現代の「不倫」、江戸時代の「不義密通」、二本の糸を縒り合わせ、テレビドラマになまなましい性愛を持ち込もうという企て。全編を支配する異様なほど張り詰めた緊迫感、キレ味、完成度。とりわけニューヨークでの場面は、西鶴の心中ものになぞらえ、時空間を超えた男女の道行きのイメージ創出に成功している。

さて、向田作品の愛読者なら、おのずと小説「隣りの女」を思い浮かべるのではないか。私もそのひとりで、脚本を読めば読むほど小説との関係に興味が掻き立てられ、しきりに気になる。いったいどちらが先に書かれたのだろう？　どちらかに力点は置かれているのだろうか、それとも……。ただし、どちらが優れているとか、面白いとか、比較の問題ではない。なぜなら、これまでみてきた四作品からもわかるように、向田邦子の脚本のなかにはすでに小説が存在しており、小説のなかにはあらかじめ脚本が存在している。この入れ子的な関係に、向田邦子の世界の扉を開ける鍵のひとつがあると思う。

脚本と小説、いずれも発表は八一年。小説「隣りの女」は「サンデー毎日」八一年五月十日号に掲載された。「特別読み切り小説」として、十五ページにわたって一挙掲載。文末にはテレビドラマ放映五月一日の告知があり、同誌のグラビアには「『女西鶴』ニューヨークを行く」と題した写真も特集されている。つまり、サンデー毎日とTBSがタイミングを合わせ、同時期に小説とドラマを世に出した。多くの場合、小説を原作として脚色、ドラマ化を試みることが多いだろう。しかし、「隣りの女」はそうではなかったと推察する。なぜなら、ニューヨークロケを敢行するために俳優たちのスケジュールや制作日程を確保する必要があり、つねに脚本がギリギリでスタジオに届けられたいつもの執筆スタイルは、事情が許さなかった。配役にもこだわりがあったから、根津甚八や桃井かおりを想定しながらの〝当て書き〟だっただろう。それらを前提にすれば、小説「隣りの女」には、ドラマの決め手というべき場面設定や科白が随所に見られ、ニューヨークロケの現場で改変された根津甚八と桃井かおりのやりとりがそのまま小説に採択されているという研究者の指摘もある(「向田邦子『隣りの女――現代西鶴物語』論」高橋行徳　日本女子大学紀要人間社会学部第18号)。

想像をたくましくしてみても、本当のところは誰にもわからない。ただ、こうして脚本の語りにじっと耳を澄ますと、シークエンスのあちこちになりを潜めている小説の可能性を感じずにはいられない。きっと、脚本を書き終えたのち、演出効果や役者の芝居をはじめドラマ作りに必要なあらゆるしがらみから解き放たれ、ひとりの作家としての自由を得て、小説の執筆に向かった。

「隣りの女」には猥雑な音が充満している。間断なく響く、ミシンをカタカタ踏む音。谷川岳にいたる駅名を唱える低い声。壁の震え。バッハの鎮魂ミサ曲。朝のワイドショーのレポーターに応じる昂揚した声にいたるまで、読みながら、聞きながら、鼓膜がなまなましく反応し、いやおうなしに五感が揺さぶられる。このドラマが真に怖ろしいのは、性愛を媒介にしながら視聴者を道行きの共犯に巻きこもうとするしたたかな欲望だ。「谷川岳に行く」と置き手紙を遺してニューヨークに飛ぶサチ子に共感させ、「心中」に引き込もうとする敏夫の誘いに酔わせ、しかし、共犯者はふたたび日常に送り届けなければならないのだから、夫の集太郎との和解を経て、ふたたびサチ子はアパートの前をゴミ袋をぶら下げて走ることになるのだ。

向田邦子は、目と耳のひとだ。言葉を着地させながら、自分の描く世界のすみずみまで目を凝らしている。虎視眈々、物音に耳をそば立て、気配ひとつ聞き逃さない。脚本を読むと、その様子が伝わってきてぞくぞくする。

所収

隣りの女
『向田邦子TV作品集8
源氏物語・隣りの女』
大和書房

きんぎょの夢
『向田邦子TV作品集5
蛇蠍のごとく』
大和書房

毛糸の指輪
『向田邦子TV作品集5
蛇蠍のごとく』
大和書房

眠り人形
『向田邦子シナリオ集Ⅵ
一話完結傑作選』
岩波現代文庫

七人の刑事
『向田邦子TV作品集8
源氏物語・隣りの女』
大和書房

本書には、今日からみれば不適切・差別的と思われる表現がありますが、作者が故人であること、また当時の時代背景を鑑み、そのままとしました。

本書は文庫オリジナルです。

企画編集・杉田淳子
本文レイアウト・櫻井久+中川あゆみ

吉行淳之介ベスト・エッセイ　吉行淳之介　荻原魚雷編

創作の秘密から、ダンディズムの条件まで。「文学」「男と女」「紳士」「人物」のテーマごとに厳選した、吉行淳之介の入門書にして決定版。（大竹聡）

田中小実昌ベスト・エッセイ　田中小実昌　大庭萱朗編

東大哲学科を中退し、バーテン、香具師などを転々とし、飄々とした作風とミステリー翻訳で知られるコミさんの厳選されたエッセイ集。（片岡義男）

山口瞳ベスト・エッセイ　小玉武編

サラリーマン処世術から飲食、幸福と死まで。――幅広い話題の中に普遍的な人間観察眼が光る山口瞳の豊饒なエッセイ世界を一冊に凝縮した決定版。

色川武大・阿佐田哲也ベスト・エッセイ　色川武大／阿佐田哲也　大庭萱朗編

二つの名前を持つ作家のベスト。文学論、落語からタモリまでの芸能論、ジャズ、作家たちとの交流も。もちろん阿佐田哲也名の博打論も収録。（木村紅美）

開高健ベスト・エッセイ　開高健　小玉武編

文学から食、ヴェトナム戦争まで――おそるべき博覧強記と行動力。「生きて、書いて、ぶつかった」開高健の広大な世界を凝縮したエッセイを精選。

中島らもエッセイ・コレクション　中島らも　小堀純編

小説家、戯曲家、ミュージシャンなど幅広い活躍で没後なお人気の中島らもの魅力を凝縮！　酒と文学とエンターテインメント。（いとうせいこう）

文房具56話　串田孫一

使う者の心をときめかせる文房具。どうすればこの小さな道具が創造力の源泉になりうるのか。文房具の想い出や新たな発見、工夫や悦びを語る。

ぼくは散歩と雑学がすき　植草甚一

１９７０年、遠かったアメリカ。その風俗、映画、本、音楽から政治までをフレッシュな感性と膨大な知識、貪欲な好奇心で描き出す代表エッセイ集。

快楽としてのミステリー　丸谷才一

ホームズ、００７、マーロウ――探偵小説を愛読して半世紀、その楽しみを文芸批評とゴシップを駆使して自在に語る、文庫オリジナル。（三浦雅士）

超発明　真鍋博

昭和を代表する天才イラストレーターが、唯一無二のＳＦ的想像力と未来的発想で〝夢のような発明品〟１２９例を描き出す幻の作品集。（川田十夢）

ねぼけ人生〈新装版〉　水木しげる

戦争で片腕を喪失、紙芝居・貸本漫画の時代と、波瀾万丈の人生を、楽天的に生きぬいてきた水木しげるの、面白くも哀しい半生記。（呉智英）

「下り坂」繁盛記　嵐山光三郎

人の一生は、「下り坂」をどう楽しむかにかかっている。真の喜びや快感は「下り坂」にあるのだ。あちこちにガタがきても、愉快な毎日が待っている。

向田邦子との二十年　久世光彦

あの人は、あり過ぎるくらいあった始末におえない胸の中のものを誰にだって、一言も口にしない人だった。時を共有した二人の世界。（新井信）

旅に出る　ゴトゴト揺られて本と酒　椎名誠

旅の読書は、漂流モノと無人島モノと一点こだわりガンコ本！　本と旅とそれから派生していく自由な思いのつまったエッセイ集。（竹田聡一郎）

昭和三十年代の匂い　岡崎武志

テレビ購入、不二家、空地に土管、トロリーバス、くみとり便所、少年時代の昭和三十年代の記憶をたどる。巻末に岡田斗司夫氏との対談を収録。

本と怠け者　荻原魚雷

日々の暮らしと古本を語り、古書に独特の輝きを与えた「ちくま」好評連載「魚雷の眼」を、一冊にまとめた文庫オリジナルエッセイ集。（岡崎武志）

増補版　誤植読本　高橋輝次編著

本と誤植は切っても切れない⁉　恥ずかしい打ち明け話や、校正をめぐるあれこれなど、作家たちが本音を語り出す。作品42篇収録。（堀江敏幸）

わたしの小さな古本屋　田中美穂

会社を辞めた日、古本屋になることを決めた。倉敷の空気、古書がつなぐ人の縁、店の生きものたち……。女性店主が綴る蟲文庫の日々。（早川義夫）

ぼくは本屋のおやじさん　早川義夫

22年間の書店としての苦労と、お客さんとの交流。どこにもありそうで、ない書店。30年来のロングセラー！（大槻ケンヂ）

たましいの場所　早川義夫

「恋をしていいのだ。今を歌っていくのだ」。心を揺るがす本質的な言葉。文庫用に最終章を追加。帯文＝宮藤官九郎　オマージュエッセイ＝七尾旅人

命売ります　三島由紀夫
自殺に失敗し、「命売ります。お好きな目的にお使い下さい」という突飛な広告を出した男のもとに、現われたのは？　（種村季弘）

三島由紀夫レター教室　三島由紀夫
五人の登場人物が巻き起こす様々な出来事を手紙で綴る。恋の告白・借金の申し込み・見舞状等、一風変ったユニークな文例集。　（群ようこ）

コーヒーと恋愛　獅子文六
恋愛は甘くてほろ苦い。とある男女が巻き起こす恋模様をコミカルに描く昭和の傑作が、現代の「東京」によみがえる。　（曽我部恵一）

七時間半　獅子文六
東京―大阪間が七時間半かかっていた昭和30年代、特急「ちどり」を舞台に乗務員とお客たちのドタバタ劇を描く隠れた名作が遂に甦る。　（千野帽子）

悦ちゃん　獅子文六
ちょっぴりおませな女の子、悦ちゃんがのんびり屋の父親の再婚話をめぐって東京中を奔走するユーモアと愛情に満ちた物語。初期の代表作。　（窪美澄）

笛ふき天女　岩田幸子
旧藩主の息女に生まれ松方財閥に嫁ぎ、四十歳で作家獅子文六と再婚。夫、文六の想い出と天女のような純真さで爽やかに生きた女性の半生を語る。

青空娘　源氏鶏太
主人公の少女、有子が不遇な境遇から幾多の困難にぶつかりながらも健気にそれを乗り越え希望を手にする日本版シンデレラ・ストーリー。　（山内マリコ）

最高殊勲夫人　源氏鶏太
野々宮杏子と三原三郎は家族から勝手な結婚話を迫られるも協力してそれを回避する。しかし徐々に惹かれ合うお互いの本当の気持ちは……。　（千野帽子）

カレーライスの唄　阿川弘之
会社が倒産した！　どうしよう。美味しいカレーライスの店を始めよう。若い男女の恋と失業と起業の奮闘記。昭和娯楽小説の傑作。　（平松洋子）

せどり男爵数奇譚　梶山季之
せどり＝掘り出し物の古書を安く買って高く転売することを業とすること。古書の世界に魅入られた人々を描く傑作ミステリー。　（永江朗）

飛田ホテル　黒岩重吾

刑期を終えたやくざ者に起きた妻の失踪を追う表題作など、大阪のどん底で交わる男女の情と性。直木賞作家の傑作ミステリ短篇集。（難波利三）

あるフィルムの背景　結城昌治　日下三蔵編

普通の人間が起こす歪んだ事件、そこに至る絶望を描き、思いもよらない結末を鮮やかに提示する。昭和ミステリの名手、オリジナル短篇集。

赤い猫　仁木悦子　日下三蔵編

爽やかなユーモアと本格推理、そしてほろ苦さを少々。日本推理作家協会賞受賞の表題作ほか〈日本のクリスティー〉の魅力をたっぷり堪能できる傑作選。

兄のトランク　宮沢清六

兄・宮沢賢治の生と死をそのかたわらでみつめ、兄の死後も烈しい空襲や散佚から遺稿類を守りぬいてきた実弟が綴る、初のエッセイ集。

落穂拾い・犬の生活　小山清

明治の匂いの残る浅草に育ち、純粋無比の作品を遺して短い生涯を終えた小山清。いまなお新しい、清らかな祈りのような作品集。（三上延）

真鍋博のプラネタリウム　真鍋博　星新一

名コンビ真鍋博と星新一。二人の最初の作品『おーい　でてこーい』他、星作品に描かれた挿絵と小説冒頭をまとめた幻の作品集。（真鍋真）

熊撃ち　吉村昭

人を襲う熊、熊をじっと狙う熊撃ち。大自然のなかで、実際に起きた七つの事件を題材に、孤独で忍耐強い熊撃ちの生きざまを描く。

川三部作
泥の河／螢川／道頓堀川　宮本輝

太宰賞「泥の河」、芥川賞「螢川」、そして「道頓堀川」と、川を背景に独自の抒情をこめて創出した、宮本文学の原点をなす三部作。

私小説 from left to right　水村美苗

12歳で渡米し滞在20年目を迎えた「美苗」。アメリカにも溶け込めず、今の日本にも違和感を覚え……。本邦初の横書きバイリンガル小説。

ラピスラズリ　山尾悠子

言葉の海が紡ぎだす、〈冬眠者〉と人形と、春の目覚めの物語。不世出の幻想小説家が20年の沈黙を破り発表した連作長篇。補筆改訂版。（千野帽子）

品切れの際はご容赦ください

沈黙博物館　小川洋子

「形見じゃ」老婆は言った。死の完結を阻止するために形見が盗まれる。死者が残した断片をめぐるやさしくスリリングな物語。（堀江敏幸）

星間商事株式会社社史編纂室　三浦しをん

二九歳「腐女子」川田幸代、社史編纂室所属。恋の行方も友情の行方も五里霧中。仲間と共に「同人誌」を武器に社の秘められた過去に挑む!?（金田淳子）

つむじ風食堂の夜　吉田篤弘

それは、笑いのこぼれる夜。――食堂は、十字路の角にぽつんとひとつ灯をともしていた。クラフト・エヴィング商會の物語作家による長篇小説。

通天閣　西加奈子

このしょーもない世の中に、救いようのない人生に、ちょっぴり暖かい灯を点す驚きと感動の物語。第24回織田作之助賞大賞受賞作。（津村記久子）

この話、続けてもいいですか。　西加奈子

ミッキーこと西加奈子の目を通すと世界はワクワク、ドキドキ輝く。いろんな人、出来事、体験がてんこ盛りの豪華エッセイ集！（中島たい子）

君は永遠にそいつらより若い　津村記久子

22歳処女。いや「女の童貞」と呼んでほしい――。日常の底に潜むうっすらとした悪意を独特の筆致で描く。第21回太宰治賞受賞作。（松浦理英子）

アレグリアとは仕事はできない　津村記久子

彼女はどうしようもない性悪だった。すぐ休み単純労働をバカにし男性社員に媚を売る。大型コピー機とミノベとの仁義なき戦い！（千野帽子）

まともな家の子供はいない　津村記久子

セキコには居場所がなかった。うちには父親がいる。うざい母親、テキトーな妹。まともな家なんてどこにもない！　中3女子、怒りの物語。（岩宮恵子）

こちらあみ子　今村夏子

あみ子の純粋な行動が周囲の人々を否応なく変えていく。第26回太宰治賞、第24回三島由紀夫賞受賞作。書き下ろし「チズさん」収録。（町田康／穂村弘）

さようなら、オレンジ　岩城けい

オーストラリアに流れ着いた難民サリマ。言葉も不自由な彼女が、新しい生活を切り拓いてゆく。第29回太宰治賞受賞・第150回芥川賞候補作。（小野正嗣）

冠・婚・葬・祭　中島京子
人生の節目に、起こったこと、出会ったひと、考えたこと。冠婚葬祭を切り口に、鮮やかな人生模様が描かれる。第143回直木賞作家の代表作。（瀧井朝世）

とりつくしま　東直子
死んだ人に「とりつくしま係」が言う。モノになってこの世に戻れますよ。妻は夫のカップに弟子は先生の扇子になった。連作短篇集。（大竹昭子）

虹色と幸運　柴崎友香
珠子、かおり、夏美。三〇代になった三人が、人に会い、おしゃべりし、いろいろ思う一年間。移りゆく季節の中で、日常の細部が輝く傑作。（江南亜美子）

星か獣になる季節　最果タヒ
推しの地下アイドルが殺人容疑で逮捕!? 僕は同級生のイケメン森下と真相を探るが——。歪んだピュアネスが傷だらけで疾走する新世代の青春小説！

ピスタチオ　梨木香歩
棚（たな）がアフリカを訪れたのは本当に偶然だったのか。不思議な出来事の連鎖から、水と生命の壮大な物語「ピスタチオ」が生まれる。（管啓次郎）

図書館の神様　瀬尾まいこ
赴任した高校で思いがけず文芸部顧問になってしまった清（きよ）。そこでの出会いが、その後の人生を変えてゆく。鮮やかな青春小説。（山本幸久）

マイマイ新子　髙樹のぶ子
昭和30年山口県国衙。きょうも新子は妹や友達と元気いっぱい。戦争の傷を負った大人、変わりゆく時代、その懐かしく切ない日々を描く。（片渕須直）

話虫干　小路幸也
夏目漱石「こころ」の内容が書き変えられた！ それは話虫の仕業。新人図書館員が話の世界に入り込み、「こころ」をもとの世界に戻そうとするが……。

包帯クラブ　天童荒太
傷ついた少年少女達は、戦わないかたちで自分達の大切なものを守ることにした。生きがたいと感じるすべての人に贈る長篇小説。大幅加筆して文庫化。

うれしい悲鳴をあげてくれ　いしわたり淳治
作詞家、音楽プロデューサーとして活躍する著者の小説＆エッセイ集。彼が「言葉」を紡ぐと誰もが楽しめる「物語」が生まれる。（鈴木おさむ）

品切れの際はご容赦ください

武士の娘　杉本鉞子　大岩美代訳

明治維新期に越後の家に生れ、厳格なしつけと礼儀作法を身につけた少女が開化期の息吹にふれて渡米、近代的女性となるまでの傑作自伝。

ハーメルンの笛吹き男　阿部謹也

「笛吹き男」伝説の裏に隠された謎はなにか？　十三世紀ヨーロッパの小さな村で起きた事件を手がかりに中世における「差別」を解明。（石牟礼道子）

隣のアボリジニ　上橋菜穂子

大自然の中で生きるイメージとは裏腹に、町で暮らすアボリジニもたくさんいる。そんな「隣人」アボリジニの素顔をいきいきと描く。（池上彰）

サンカの民と被差別の世界　五木寛之

歴史の基層に埋もれた、忘れられた日本を掘り起こす。漂泊に生きた海の民・山の民。身分制で賤民とされた人々。彼らが現在に問いかけるものとは。

世界史の誕生　岡田英弘

世界史はモンゴル帝国と共に始まった。東洋史と西洋史の垣根を超えた世界史を可能にした、中央ユーラシアの草原の民の活動。

日本史の誕生　岡田英弘

「倭国」から「日本国」へ。そこには中国大陸の大きな政治のうねりがあった。日本国の成立過程を東洋史の視点から捉え直す刺激的論考。

島津家の戦争　米窪明美

薩摩藩の私領・都城島津家に残された日誌を丹念に読み解き、幕末・明治の日本を動かした最強武士団の実像に迫る。薩摩から見たもう一つの日本史。

それからの海舟　半藤一利

江戸城明け渡しの大仕事以後も旧幕臣の生活を支え、徳川家の名誉回復を果たすため新旧相撃つ明治を生き抜いた勝海舟の後半生。（阿川弘之）

その後の慶喜　家近良樹

幕府瓦解から大正まで、若くして歴史の表舞台から姿を消した最後の将軍の〝長い余生〟を近しい人間の記録を元に明らかにする。（門井慶喜）

幕末維新のこと　司馬遼太郎　関川夏央編

「幕末」について司馬さんが考えて、書いて、語ったことの真髄を一冊に。小説以外の文章・対談・講演から、激動の時代をとらえた19篇を収録。

明治国家のこと　司馬遼太郎　関川夏央編

司馬さんにとって「明治国家」とは何だったのか。西郷と大久保の対立から日露戦争まで、明治の日本人への愛情と鋭い批評眼が交差する18篇を収録。

方丈記私記　堀田善衞

中世の酷薄な世相を覚めた眼で見続けた鴨長明。その人間像を自己の戦争体験に照らして語りつつ現代日本文化の深層をつく。巻末対談＝五木寛之

東條英機と天皇の時代　保阪正康

日本の現代史上、避けて通ることのできない存在である東條英機。軍人から戦争指導者へ、そして極東裁判に至る生涯を通して、昭和期日本の実像に迫る。

戦中派虫けら日記　山田風太郎

〈嘘はつくまい。嘘の日記は無意味である〉。戦時下、明日の希望もなく、心身ともに飢餓状態にあった若き風太郎の心の叫び。（久世光彦）

責任　ラバウルの将軍今村均　角田房子

ラバウルの軍司令官・今村均。軍部内の複雑な関係、戦地、そして戦犯としての服役。戦争の時代を生きた人間の苦悩を描き出す。（保阪正康）

広島第二県女二年西組　関千枝子

8月6日、級友たちは勤労動員先で被爆した。突然に逝った39名それぞれの足跡をたどり、彼女らの生を鮮やかに切り取った鎮魂の書。（山中恒）

劇画　近藤勇　水木しげる

明治期を目前に武州多摩の小倅から身を起こし、ついに新選組隊長となった近藤。だがもしかしたら多摩で芋作りをしていた方が幸せだったのでは？

水木しげるのラバウル戦記　水木しげる

太平洋戦争の激戦地ラバウル。その戦闘に一兵卒として送り込まれ、九死に一生をえた作者が、体験が鮮明な時期に描いた絵物語風の戦記。

昭和史探索（全6巻）　半藤一利編著

名著『昭和史』の著者が第一級の史料を厳選、抜粋。時々の情勢や空気を一年ごとに分析し、書き下ろしの解説を付す。《昭和》を深く探る待望のシリーズ。

夕陽妄語1（全3巻）　加藤周一

高い見識に裏打ちされた時評は時代を越えて普遍性を持つ。政治から文化まで、二〇世紀後半からの四半世紀を、加藤周一はどう見たか。（成田龍一）

品切れの際はご容赦ください

落語百選 春　麻生芳伸編

古典落語の名作を、その〝素型〟に最も近い形で書き起こす。故金原亭馬生師の挿画も楽しい。まずは、おなじみ「長屋の花見」など25篇。（鶴見俊輔）

落語百選 夏　麻生芳伸編

「出来心」「金明竹」「素人鰻」「お化け長屋」など、大笑いあり、しみじみありの名作25篇。読者が演者となりきれる〈活字寄席〉。（都筑道夫）

落語百選 秋　麻生芳伸編

「秋刀魚は目黒にかぎる」でおなじみの「目黒のさんま」ほか「時そば」「野ざらし」「粗忽の釘」など江戸の気分あふれる25篇。（加藤秀俊）

落語百選 冬　麻生芳伸編

義太夫好きの旦那をめぐるおかしくせつない「寝床」。「火焔太鼓」「文七元結」「芝浜」「粗忽長屋」など25篇。百選完結。（岡部伊都子）

びんぼう自慢　古今亭志ん生　小島貞二編・解説

「貧乏はするものじゃありません。味わうものですな」その生き方が落語そのものと言われた志ん生が自らの人生を語り尽くす名著の復活。

なめくじ艦隊　古今亭志ん生

〝空襲から逃れたい〟、〝向こうには酒がいっぱいある〟という理由で満州行きを決意。存分に自我を発揮して自由に生きた落語家の半生。（矢野誠一）

古典落語 志ん生集　古今亭志ん生　飯島友治編

八方破れの生きざまを芸の肥やしとした五代目志ん生の、「お直し」「品川心中」など今も色褪せることのない演目を再現する。

志ん生の噺（全5巻）　古今亭志ん生　小島貞二編

その生き方すべてが「落語」と言われた志ん生の幅広い芸を滑稽、人情、艶などのテーマ別に贈る、読む「志ん生落語」の決定版。

志ん朝の風流入門　古今亭志ん朝　齋藤明

失われつつある日本の風流な言葉を、小唄端唄、和歌俳句、芝居や物語から選び抜き、古今亭志ん朝の粋な語りに乗せてお贈りする。（浜美雪）

志ん朝の落語1 ——男と女　古今亭志ん朝　京須偕充編

第一巻「男と女」は志ん朝ならではの色気漂う噺集。口絵に遺品のノート、各話に編者解説を付す。「明烏」「品川心中」「厩火事」他全十二篇。

らくごDE枝雀　桂枝雀
桂枝雀が落語の魅力と笑いのヒミツをおもしろおかしく解きあかす本。持ちネタ五選と対談で、「笑いの正体」が見えてくる。（上岡龍太郎）

桂枝雀のらくご案内　桂枝雀
上方落語の人気者が愛する持ちネタ厳選60を紹介。噺の聞かせどころや想い出話をまじえて楽しく落語の世界を案内する。（イーデス・ハンソン）

上方落語
桂枝雀爆笑コレクション（全5巻）　桂枝雀
人気衰えぬ上方落語の爆笑王の魅力を、速記と写真で再現。「スビバセンね」「ふしぎななあ」などテーマ別全5巻、計62演題。各話に解題を付す。

上方落語
桂米朝コレクション（全8巻）　桂米朝
人間国宝・桂米朝の噺をテーマ別に編集する。端正で上品な語り口、多彩な持ちネタで、今日の上方落語隆盛をもたらした大看板の魅力を集成。

落語家論　柳家小三治
この世界に足を踏み入れて日の浅い、若い噺家に向けて二十年以上前に書いたもので、これは、あの頃の私の心意気でもあります。（小沢昭一）

滝田ゆう落語劇場（全）　滝田ゆう
下町風俗を描いてピカ一の滝田ゆうが意欲満々取り組んだ古典落語の世界。作品はおなじみ「富久」「芝浜」「死神」「青菜」「付け馬」など三十席収録。

絵本・落語長屋　落合登　西川清之
一〇八話の落語のエッセンスを、絵と随想でつづった「落語長屋」。江戸っ子言葉をまじえた軽妙洒脱な文章と、絵とで紹介する。（中野翠）

桂吉坊がきく　藝　桂吉坊
上方落語の俊英が聞きだした名人芸の秘密。若手の思いに応えてくれた名人は、立川談志、市川團十郎、小沢昭一、喜味こいし、桂米朝、他全十人。

この世は落語　中野翠
ヒトの愚かさのいろいろを呑気に受けとめ笑ってしまう。そんな落語の魅力を30年来のファンである著者が、イラスト入りで語り尽くす最良の入門書。

落語を聴かなくても人生は生きられる　松本尚久編
落語家が名人芸だけをやっていればよかった時代は去った。時代と社会を視野に入れた他者の視線を通じて落語の現在を読み解くアンソロジー。

品切れの際はご容赦ください

宮沢賢治全集（全10巻）
宮沢賢治
『春と修羅』、『注文の多い料理店』はじめ、賢治の全作品及び異稿を、綿密な校訂と定評ある本文によって贈る話題の文庫版全集。書簡など2巻増巻。

太宰治全集（全10巻）
太宰治
第一創作集『晩年』から太宰文学の総結算ともいえる『人間失格』、さらに『もの思う葦』ほか随想集も含め、清新な装幀でおくる待望の文庫版全集。

夏目漱石全集（全10巻）
夏目漱石
時間を超えて読みつがれる最大の国民文学を、10冊に集成して贈る画期的な文庫版全集。全小説及び小品、評論に詳細な注・解説を付す。

芥川龍之介全集（全8巻）
芥川龍之介
確かな不安を漠然とした希望の中に生きた芥川の全貌。名手の名をほしいままにした短篇から、日記、随筆、紀行文までを収める。

梶井基次郎全集（全1巻）
梶井基次郎
「檸檬」「泥濘」「桜の樹の下には」「交尾」をはじめ、習作・遺稿を全て収録し、梶井文学の全貌を伝える。一巻に収めた初の文庫版全集。（高橋英夫）

中島敦全集（全3巻）
中島敦
昭和十七年、一筋の光のように登場し、二冊の作品集を残してまたたく間に逝った中島敦――その代表作から書簡までを収め、詳細小口注を付す。

山田風太郎明治小説全集（全14巻）
山田風太郎
これは事実なのか？　フィクションか？　歴史上の人物と虚構の人物が明治の東京を舞台に繰り広げる奇想天外な物語。かつ新時代の裏面史。

ちくま日本文学（全40巻）
ちくま日本文学
小さな文庫の中にひとりひとりの作家の宇宙がつまっている。一人一巻、全四十巻。何度読んでも古びない作品と出逢う、手のひらサイズの文学全集。

ちくま文学の森（全10巻）
ちくま文学の森
最良の選者たちが、古今東西を問わず、あらゆるジャンルの作品の中から面白いものだけを基準に選んだ、伝説のアンソロジー、文庫版。

ちくま哲学の森（全8巻）
ちくま哲学の森
「哲学」の狭いワク組みにとらわれることなく、あらゆるジャンルの中からとっておきの文章を厳選。新鮮な驚きに満ちた文庫版アンソロジー集。

現代語訳 舞姫 森鷗外 井上靖訳

古典となりつつある鷗外の名作を井上靖の現代語訳で読む。無理なく作品を味わうための語注・資料を付す。原文も掲載。監修＝山崎一穎

こころ 夏目漱石

友を死に追いやった「罪の意識」によって、ついには人間不信にいたる悲惨な心の暗部を描いた傑作。詳しく利用しやすい語注付。（小森陽一）

英語で読む 銀河鉄道の夜（対訳版） 宮沢賢治 ロジャー・パルバース訳

"Night On The Milky Way Train"（銀河鉄道の夜）賢治文学の名篇が香り高い訳で生まれかわる。文庫オリジナル。井上ひさし氏推薦。（高橋康也）

百人一首 鈴木日出男

王朝和歌の精髄、百人一首を第一人者が易しく解説。現代語訳、鑑賞、作者紹介、語句・技法を見開きにコンパクトにまとめた最良の入門書。

今昔物語 福永武彦訳

平安末期に成り、庶民の喜びと悲しみを今に伝える今昔物語。訳者自身が選んだ155篇の物語は名訳を得て、より身近に蘇る。（池上洵一）

私の「漱石」と「龍之介」 内田百閒

師・漱石を敬愛してやまない百閒が、おりにふれて綴った師の行動と面影とエピソード。さらに同門の友、芥川との交遊を収める。（武藤康史）

阿房列車 ——内田百閒集成1 内田百閒

「なんにも用事がないけれど、汽車に乗って大阪へ行って来ようと思う」。上質のユーモアに包まれた、紀行文学の傑作。（和田忠彦）

教科書で読む名作 夏の花ほか 戦争文学 原民喜ほか

表題作のほか、審判（武田泰淳）／夏の葬列（山川方夫）／夜（三木卓）など収録。高校国語教科書に準じた傍注や図版付き。併せて読みたい名評論も。

名短篇、ここにあり 北村薫 宮部みゆき編

読み巧者の二人の議論沸騰し、選びぬかれたお薦め小説12篇。となりの宇宙人／冷たい仕事／隠し芸の男／少女架刑／あしたの夕刊／網／誤訳ほか。

猫の文学館Ⅰ 和田博文編

寺田寅彦、内田百閒、太宰治、向田邦子……いつの時代も、作家たちは猫が大好きだった。猫の気まぐれに振り回されている猫好きに捧げる47篇‼

品切れの際はご容赦ください

ちくま文庫

向田邦子シナリオ集　昭和の人間ドラマ

二〇二一年七月十日　第一刷発行

著　者　向田邦子（むこうだ・くにこ）
編　者　向田和子（むこうだ・かずこ）
発行者　喜入冬子
発行所　株式会社　筑摩書房
東京都台東区蔵前二―五―三　〒一一一―八七五五
電話番号　〇三―五六八七―二六〇一（代表）
装幀者　安野光雅
印刷所　星野精版印刷株式会社
製本所　株式会社積信堂

乱丁・落丁本の場合は、送料小社負担でお取り替えいたします。本書をコピー、スキャニング等の方法により無許諾で複製することは、法令に規定された場合を除いて禁止されています。請負業者等の第三者によるデジタル化は一切認められていませんので、ご注意ください。
© KAZUKO MUKOUDA 2021 Printed in Japan
ISBN978-4-480-43751-8 C0193